韩 羽集

一

陈茶新酒

河北出版传媒集团
河北美術出版社

作　者

大巧若拙

——韩羽其人其画

黄苗子

山东聊城人韩羽，1931 年生。韩羽画如其人，土头土脑，似村而雅，土极而洋到了家，具有浓厚的现代感。近年中国电影出现了《红高粱》《老井》，轰动海外，得国际奖。其实在漫画领域中，韩羽老早就做到了这一点，他的艺术土极了，洋人开了眼界，自然就来捧场。

韩羽不但画如其人，书法亦如其人，土里土气而灵秀迫人。他功力极深，但偏不让人看到功力。只看到无法之法，说不出的一种气韵，令人迷醉。

韩羽艺术的特点，用方成的一句话，叫“土法上马”。

韩羽人如其画，他画的人物后脑勺儿削若悬崖，前额多数是个“奔儿头”（前额突出），很像韩羽本人。不要小看这“奔儿头”，它贮存了智慧，贮存了学问，贮存了幽默狡狯……这种形象，确不算长得标致。但生理学家证明，大脑发达到撑开了颅骨，其人的聪明可知。

谁读了韩羽的画和文章都感到兴味盎然。

古人云：“读《李陵答苏武书》而不痛哭者非忠臣，读李密《陈情表》而不堕泪者非孝子。”我说：“读韩羽画、文而不由衷发笑者，没有文艺细胞。”

朋友们佩服韩羽，可学不了他。为什么学不了？乡土气学不了；小时候泡草台班子的生活体验（这种生活体验卓别林曾经有过）学不了；山东人独有的粗拙强项性格学不了；一肚子的文章杂学学不了。“大巧若拙”，韩羽有然。

所以朋友们私下议论：像韩羽那样一位漫画界的“杂种”（注意：这“杂种”绝不含有粗野人的意思。只是说，他在漫画中是一种特殊而非纯正的杂交品种），不能无一，不能有二。

韩羽漫画的特点之一，是人物造型的美妙。很多人看过动画片《三个和尚》，这三个和尚的造型使这部片子得到多次的国际奖。这首先归功于韩羽。在韩羽的作品中，人物面目常常不画耳朵，但眼神和口鼻的表情却精心思摸。这是因为耳朵对人物表情不起什么作用，可以略过（这也许是他从小观察农村傀儡戏的造型得来的启发），而眼、口、鼻的表情刻画却是不可掉以轻心的。韩羽漫画的妙处甚多，这只是举个例子。

目前我们反对崇洋媚外，其实，四十年来有时也不自觉地崇点、媚点。单就美术风气说，最早崇俄——列宾、苏里柯夫给了土包子一棒；其后崇欧、美、现代主义、行动艺术……又给了土包子一棒。韩羽不管这一套，也不管什么文人画武人画，只要心中有感，他就兴致勃勃地抄起笔来涂涂抹抹。说是涂、抹，因为他的画法有异于绘、描，不讲结构，不讲笔法，不讲造型。“形象十分夸张，几乎达到荒诞的程度。”（张仃：《韩羽的画》）。很多人看不起韩羽的画，以为三岁小孩儿都可以画出来，谁知自己动起笔来，才知这种画是学不了的。不信，你试试看。

有人说韩羽的画是学儿童画，天真，没有透视、光暗、准确等等框套。但天真得出自内心，本性不天真，硬装出孩子的动作，令人产生反感。七十多岁的老莱子，为了讨九十以上双亲的欢心，就穿着娃娃的彩衣，摇着个拨浪鼓，爬在地上向老爹娘撒娇，这种装模作样的“天真”，不是返老还童，而是令人毛骨悚然的肉麻。每当我看了《老莱子衣彩娱亲图》都有这种感觉，但韩羽的画，是一种天籁，纯任自然，不是造作出来的。平生看画不少，只说不出韩羽画的是哪门子的画。他胸罗古今中外，而又目无古今中外地“我画我的”！

韩羽有一篇看孩子画画后写的文章，末段是：“而我辈成年人作画，往往拘谨得似‘翱翔蓬蒿之间’。也大抵是少了孩子们的‘玩’字。对为诸多事物所牵累的成年人来说，这‘玩’字谈何容易！近代词家况周颐论诗时，深有感慨地说：‘若赤子之笑啼然，看似至易，而实至难者也。’这位老先生的话，对此可谓一语中的。”韩羽作画，正合戊戌政变时，为改革开放慷慨牺牲的烈士谭嗣同所说的：“人为其易，我取其难！”

韩羽的文章，令人忍俊不禁。他能把一肚子学问横串竖串。打个比方：关羽跟苏东坡下棋，杨贵妃跟西门庆鬼混……只要想得出的奇事都能构成他的奇思。他的文章妙语如珠，含蓄蕴藉，影影绰绰，如假如真，顺手拈来，俯拾即是，若有其事，如见其人。

韩羽的学历，填的只是“小学毕业”。一个小学毕业生能写出这样的好文章？谓予不信，请读其书。

目　录

画、话聊斋

《古瓷饲鸡图》解

相传清朝末年，有一店主从坟圹中得了一套古铜器。他不识货，以为这些铜锈斑驳的玩意儿毫无可取之处，但又觉得“食之无肉，弃之有味”，只好打发它们在每年一度的祭祖时摆列一下，反正死去的祖宗是不嫌弃用这些玩意儿盛放祭物的。后来这些铜器为一心想做四川省的父母官并因此掉了脑袋的端方发现了，用一套崭新的瓷器骗取了这无价之宝。端方固然为此欣喜若狂，可笑的是店主也认为自己大占便宜而高兴至极。

曾听朋友谈起过，在邯郸地区某乡间，老乡曾用一块铜雀台上的雀瓦与碎砖一起砌了墙头。我也曾看到过在老乡的院子里，从墓穴中挖出的古瓷器竟做了饲鸡的食料盆。

看来这现象是无独有偶的了。从物主一方讲，由于不识，与珍物失之交臂是一大损失；从物本身讲，不能尽其用，被默默埋没亦诚冤哉！

再一想，物虽贵为珍宝，其价值终究有限度。假如是万物之灵的人，也遇上了这类店主之流，毫无疑问其损失要远胜于珍宝了。无怪韩愈借马与伯乐大兴其慨叹了。诚如斯言，“虽有名马”，但“策之不以其道，食之不能尽其材，鸣之而不能通其意”，结果只能“骈死于槽枥之间”，亦真“悲夫”矣。

仅仅由于“不识”，似乎尚有原宥之处。还有甚者，君不闻那位为“四人帮”大肆吹捧而又为其讳莫如深的法家李斯，不就为了妒才而害死了另一法家韩非的么。时代在前进，生活在前进。随着前进的步伐，这类事是应该愈来愈少。希望尽早尽快地减少到零度，以期调动起无论是物还是人的积极因素。为此，特作此图以喻之。

一九八一

就戏谈酒

唐明皇驾幸西阁，找梅妃卿卿我我。杨玉环醋意大发，于是“看大杯伺候”。看来，酒乃碱性之物，宜解酸也。

以《醉打蒋门神》《醉打山门》来看，酒又是壮胆之物。如无酒，武松未必敢打蒋门神，鲁智深亦未必敢打山门。如谓此言不确，请诸公去《水浒传》里亲自问武、鲁二人去。如无酒，恐武、鲁二人将曰“考虑考虑，研究研究”耳。以此推想之，今之空喊“考虑研究”者，皆因无酒，过分清醒故也。

酒，又可言平素之所未言。请看《煮酒论英雄》，喝着喝着终于喝出“今天下英雄，惟使君与操耳”来了。据此，不妨小试之：令开批判会者，且先浮一大白。

酒，不仅能言平素之所未言，且能写平素之所未写。《李白醉写》，三杯酒落肚，不写唐诗而写起蛮书来了。到底写何蛮书？未有卷宗可查。元人姚燧，却透出个中秘密。其在《落梅风》一曲中唱道：“写着甚？杨柳岸，晓风残月。”

酒之最妙者，莫过《斩黄袍》。曾闹过勾栏的“真龙天子”赵匡胤，斩了大将郑子明，立即高唱〔西皮二六〕：“孤王酒醉桃花宫”，“寡人酒醉将你斩”。“唱”外之意：你郑子明找酒算账去，找不着我。未闻今人复有言“鄙人酒醉办公室”者。强调客观云云，则司空听惯。看来，酒为“客观原因”取代矣。

一九八五

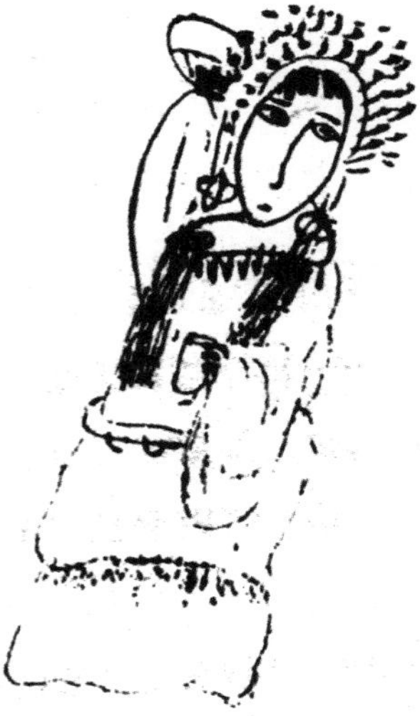

韩信月下追萧何

《萧何月下追韩信》为京戏名剧目，事见《史记·淮阴侯列传》：

> 信数与萧何语，何奇之。至南郑，诸将行道亡者数十人，信度何等已数言上，上不我用，即亡。何闻信亡，不及以闻，自追之。……上曰："若所追者谁？"何曰："韩信也。"上复骂曰："诸将亡者以十数，公无所追，追信诈也。"何曰："诸将易得耳，至如信者，国士无双。王必欲长王汉中，无所事信；必欲争天下，非信无所与计事者。顾王策安所决耳！"

戏出紧锣密鼓，火爆热闹。尤其萧何，一板一眼，腔腔句句，披肝沥胆。不独韩信，即观者亦无不为其诚挚恳切所感也。

此为戏曲舞台之戏，然历史舞台另有一戏，当应唱"韩信月下追萧何"。事亦见于《史记·淮阴侯列传》：

舍人弟上变，告信欲反状于吕后。吕后欲召，恐其党不就，乃与萧相国谋，诈令人从上所来，言豨已得死，列侯群臣皆贺。相国绐信曰："虽疾，强入贺。"信入，吕后使武士缚信，斩之长乐钟室。

韩信功过是非，乃史论家月旦之事，小文不及于此。仅以萧何、韩信因缘观之，实伯乐之于千里马也。韩愈曰："世有伯乐，然后有千里马。"信然。然千里马为伯乐所察之荐之，复为伯乐所杀之者，则为韩愈所未论及。

一九八五

《连升店》有感

《连升店》中之店家，当得知曾被其嘲弄过的穷书生中举消息，急忙捧出亡父衣衫奉献，并痛哭流涕。问为何哭泣，答云：您穿上这衣服真像我老子，使我想起老子来了。话不多，却黏性如胶，成色十足。或许要问，店家自称儿子未免太吃亏了。其实不然，是先赔后赚的买卖。如果黏附得上，充当举人儿子，自会大有便宜。

店家之“黏附法”也沾染了儒家。《儒林外史》中的牛浦郎，偷得牛布衣两本诗稿。虽只解得五六分，但见其上有“呈相国某大人”“怀督学周大人”“娄公子偕游莺脰湖分韵，兼呈令兄通政”“与鲁太史话别”“寄怀王观察”诸字样，亦深知其“何等荣耀”。牛浦郎别有路数，不再使用店家认老子的一套，干脆合二而一冒名顶替起来。果然骗得郭铁笔连“笔资也不敢领”了。但这黏附因粘得太紧，反而不固，易被戳穿。

店家之风更且吹出店外，影响及而今。譬如，有一位用炭精粉擦像的开画像馆者，曾宣称他这擦像法系得自齐白石亲传。很明显的这是匡超人“先儒匡子之神位”式的吹嘘法，黏附得有破绽。又譬如，一个所谓的“师生画展”（并非指所有者），据说其中一位所谓的“生”，与“师”并无关系，却非要“风马牛”而“相及”起来。何以故？盖“师”乃名家也。这倒庶几近乎“连升店”之真传。

凡此种种“黏附术”能时而得售者，因仍有郭铁笔故。

一九八五

戏写《三岔口》

三岔口黑店中，“大水冲了龙王庙，自家人不认自家人。”两位好汉恨不得置对方于死地而后快。所以如此者，皆因疑心太大，且又不调查研究。看来，警惕性不高固无足取，可警惕性高过了头亦不宜为法。《论语》有云：“过犹不及。”

所幸，打斗结果两无损伤，戏出完满收场。

但思量起来，就事理讲，这戏不能不说也有着另一种唱法的可能性。譬如，两位再继续格斗下去；譬如，“自家人”的一方的刀锋猝然触及“自家人”的另一方的颈项上；譬如，又恰恰躲闪不及；再譬如……则实在不堪设想了。

果真如此，这牺牲不是太无谓么！

一九八五

“挥泪执法”戏解

“挥泪执法”为铁面无私之表现。事见诸葛亮之与马谡。

每观《失空斩》诸葛亮挥泪斩马谡，就不免想起“华容道”来。马谡犯了军事错误，失去街亭，逼得诸葛亮唱了一出“空城计”。毋庸置疑，罪实难逭。而关云长明明把头号敌人曹操在华容道上放跑了，按当今说法是地地道道的“叛变通敌”。可作为军师的诸葛亮把马谡问了斩，对“通敌”的关云长却不了了之。何以故？盖一系普通将弁，一为皇叔二弟也。

虽然诸葛亮谆谆告诫：“宫中府中，俱为一体，陟罚臧否，不宜异同……宜付有司，论其刑赏……不宜偏私，使内外异法也。”但在普通将弁与皇叔二弟面前成了一纸空文。

我想，诸葛亮在唱《失空斩》时，大概也想起《华容道》来了，在“挥泪”中是否也含有某种程度的惭愧成分？

一九八五

曹操羞见曹操

话剧《蔡文姬》中的曹操，堪称恢宏大度，平易近人。用当今儿童的话说，“好人”。

再看京戏中的曹操，不说别的，只那副奸白脸就够了。也用当今儿童的话说，“坏人”。

假如，有朝一日，京戏中的曹操不期而遇上了《蔡文姬》中的曹操，这出戏恐怕不知应该怎样个唱法了。

巨细无遗的曹操，连“分香卖履”都想到了，却没有料到后人竟给他出了这么一个难题。

京戏中的曹操当然是老奸巨猾，或许难不住他，大不了“咳咳”一声掩面而溜之乎也了吧！

一九八五

《打瓜园》

黑汉气势汹汹寻上门来，结果反被瘸腿老汉打得连滚带爬，为始料所不及。可谓是“送打上门”的。

瘸子打架，腿脚本不灵便，可是他却于不灵便中显出灵便，这出乎意外的动作很有趣。

黑汉尤有意思，几番被打得站不起来，当瘸子问他“还打不”时，他依然咬着牙说：“打！”于是又打。这黑汉（郑子明）后来终于成了“气候”，大概与这种败而不馁的精神有关吧。

他们拼命半天，打得鼻青脸肿。为什么？说来可笑，是为了一个西瓜。这又是一幅绝妙的世情讽喻画了。

观战之余，戏题《如梦令》凑趣：

瘸子连踢带打，

黑汉切齿咬牙。

难分又难解，

一场混战恶杀。

为啥为啥？

小小一个西瓜。

一九八五

看《评雪辨踪》

面对台上破衣烂衫的书生，心中不免要问：难道这就是文穆公？

看那书呆子之状，浑身酸腐之气，不免心中又问：这的确是文穆公？

“吕蒙正”三字讲得清清楚楚，当然应该是文穆公。

住寒窑、评雪辨踪是否史实，不得而知。但以“天将降大任”之论论之，吕生曾遭厄困当属无疑。这且不去考证；我只是想搞清楚：是吕蒙正在“评雪辨踪”时肚内就有了学问，抑或是成了文穆公之后肚里才有了学问？

以唯文凭论者眼光度之，当应是在成为文穆公之后。

（增补一注，想不多余，注曰：蒙正死，谥文穆。）

一九八五

武大郎潘金莲离婚案

偶于市上购得旧书。中夹一纸。字迹模糊，且脱字甚多。经仔细辨认，知为大宋年间物。武大郎、潘金莲离婚诉讼之记录也。鉴于此类事世人甚感兴趣，借《漫画世界》版面公开之，以助谈资。

大宋宣和某年二月五日

审判员：你叫什么？

潘金莲：奴家叫潘金莲。

审判员：年龄？

潘金莲：奴家二十一岁。

审判员：你为什么离婚？

潘金莲：奴家与他合不来。

审判员：打你了？

潘金莲：没有。

审判员：骂你了？

潘金莲：没有。

审判员：没打没骂怎说合不来？

潘金莲：奴家本是清河县一家大户人家使女，是大户硬把我嫁给武大郎的。奴家平生快性，看不得这般三答不回头、四答和身转的人，一起过活受不了。

审判员：你叫什么？

武大郎：武大郎。

审判员：多大了？

武大郎：《水浒传》里写着我兄弟武松打老虎的时候是二十五岁，我反正比他大。

审判员：你同意不同意离婚？

武大郎：坚决不同意！

审判员：你认为你们之间感情怎样？

武大郎：好得不得了。我吃粥，让她吃炊饼。我穿粗布衣衫，让她穿绸穿缎。

审判员：潘金莲，他说的是不是实情？

潘金莲：是。可我一见他就恶心，在一块儿简直是活受罪。

审判员：现在谈谈我们的看法：潘金莲，你们结婚不是一年多了？为什么一年前不提离婚，现在才提出来？这说明：一、你们已经在一起生活一年多了，今后还是能在一起生活的；二、你是不是有喜新厌旧思想？你是女的，我们就不好说什么了。如果是男的，我们就要以陈世美案例论处了。你没看到过，很多漫画不都是这么画的么！我们认为你们的感情还是能够和好的，不判决离婚。

大宋宣和某年八月五日

审判员：潘金莲，你再次提出离婚有新的理由没有？

潘金莲：合不来，没法在一起过。

审判员：武大郎，你呢？

武大郎：坚决不离。如果判离，我就一头碰死在这儿！

审判员：潘金莲，既然没有新的理由，我们还是不判决离婚。再说，你是阳谷县里的美人，是有点儿名气的。考虑到咱们阳谷县的影响，我们更不能判离。你不是还要准备加入全国美人协会么？你想过没有，离婚问题会不会对你有妨碍？

潘金莲：……

审判员：我们不判离，继续给你们进行调解。

潘金莲：那要再调解多久？

审判员：一直到调解好了为止！

…………

纸头断裂，没了下文。不知这一离婚诉讼调解得如何，我想不会再调解多久了。因为……还是请读者耐心地从《水浒传》第二十四回看下去，就会完全明白的。

一九八六

“雅事”拾零

雅者，俗之反也。多与文墨有瓜葛，故云“文雅”“儒雅”。

据闻有一商人，喜画梅。所画之花瓣浑圆，盖以银圆为模子也。此雅，雅得甚俗。

《官场现形记》中有一位贾制台，自称写字是王右军一路。对人说：“我有一本王羲之写的《前赤壁赋》。”此雅，雅得逗趣。

《红楼梦》中之薛蟠，被人逼着“雅”了一下。此雅，雅得难以形诸文字。

近又闻一事，兹记之，用补“雅”之阙。

一青年作者编得一剧。为一有关领导看中。对该剧本强行施加“青目”，如“鸠”之飞临而分占之。作者偏偏不识抬举。于是乎怒而捅碎了“鹊巢”。换言之，即将该剧本从排演场踢出也。

附庸风雅居然强取豪夺，“文雅”一变而为“武雅”。此雅，雅得甚霸。

一九八六

为李鬼谋

《李逵下山》中之李鬼，冒黑旋风李逵之名剪径。“但有孤单客人经过，听得说了黑旋风三个字，便撇了行李，逃奔了去，以此得这些利息。”可也算为生财之道。但也有危险性，后来碰上李逵，果然大倒其霉。李鬼是粗人，只会这一手，无可讳言，此一手乃下策也。为李鬼谋，还有中策、上策，不妨一试。

中策者，托人求李逵给题上数字，诸如‘李鬼剪径出自真传，且有所创新”或“剪径新秀”字样，遇上胆小路人，一见水浒名人李逵题署，即放下包裹逃走了去。即使李逵来也无妨了。甚且还可以请他参加剪径剪彩仪式。

此盖为祭肉一经圣人下箸即身价百倍之道理。虽《论语》有“祭肉不出三日，出三日，不食之矣”，但只看圣人是否下箸、不问肉之变质与否而又身带大宗银子包裹的行路者还是不乏其人的。

上策者，为“终南捷径”也。即走个后门与李逵之上级宋江搭上关系。在宋江面前胡乱踢几趟腿，打上几拳，再找人吹嘘几句。宋江本招揽天下豪杰之人，一怕埋没人才，二怕遭到“不落实武林分子政策”之非议。于是在忠义堂上再安上一把交椅。这一来，李鬼也就可以在山寨的喽啰面前与李逵诸人分庭抗礼了。弄得好，兴许还能当上领导李逵的大头领。至于李鬼的武艺到底如何，既然生米成了熟饭，谁还再过问，徒然惹得宋江不快。如果李鬼再“鬼”一点儿，不多说，不多动，只哼哼哈哈，打出一派官腔，高深莫测，就更吓人。想来必有能耐。于是一来二去，也就“想当然”的有能耐起来。真的假李逵终于成了假的真李逵。

说此乃上策者，盖取法于孙子所谓“不战而屈人之兵”。以今语释之，则为不费一枪一弹，不必流血流汗，而同样获得战果也。

一九八六

题　扇

观友人扇面画展，想及于扇。

酷暑炎日，汗流浃背，急若燃眉以求者，唯扇耳。扇之于人，功德无量。

“昔公之来，仁风扇扬。”仁德之及人，譬之扇之扬风。“羽扇纶巾”，“樯橹灰飞烟灭”。一世之雄，不敌一扇之轻摇。

杨文骢于扇纸血迹间纵横涂抹，引发出一部古典名剧《桃花扇》。而晋人王延，则以扇扇枕，成就其千古事亲佳话。

为文、为武、为人之品，扇之不可或分若此。而有明一代之兴亡亦且系之扇底。

然则，扇亦有优劣之别乎？其煽风点火者，岂非等而下之者哉！

扇亦有命运之说乎？《红楼梦》中之石呆子与扇生死与共，此得遇知音者也。而“千金一笑”毁于晴雯之手者，则较红颜尤为薄命！

一九八六

《景阳冈武松打虎》新补

那武松尽平昔神威，仗胸中武艺，一顿拳脚打得那大虫动弹不得。武松放了手，来松树边寻那打折的棒橛。拿在手里，又打了一回，那大虫气都没了。武松再来青石上坐了半歇，就石头边寻了毡笠儿，转过乱树林边，一步步挨下冈子来。

走不到半里多路，只见枯草丛中，又钻出两只大虫来，于黑影里直立起来。武松定睛看时，却是两个人。把虎皮缝做衣裳，紧紧蒙在身上，各拿着一条五股叉。见了武松，吃一惊道："你那人吃了㺀㺄心，豹子肝，狮子腿，胆倒包着身躯，如何敢独自一个，昏黑将夜，又没器械，走过冈子来！"武松道："你两个是什么人？"那个人道："我们是本处猎户。"武松道："你们上岭来做甚么？"两个猎户失惊道："你兀自不知哩！如今景阳冈上有一只大虫，夜夜出来伤人。本县知县着落当乡里正和我们猎户人等捕捉。那业畜势大难近，谁敢向前！"武松道："却才冈子上乱树林边，正撞见那大虫，被我一顿拳脚打死了。"

两个猎户听得痴呆了，说道：“怕没这话！”武松道：“你不信时，只看我身上兀自有血迹。”两个道：“怎地打来？”武松把打大虫的本事说了一遍，两个猎户听了，又惊又喜，叫拢那十个乡夫来。

众人点起火把，跟着武松一同再上冈子来。看见那大虫做一堆儿死在那里。

两个猎户见大虫果真死了，分开众人，冲向前面，狠狠喝道：“大虫，大虫，你也有今日也！”两个人心中转又想道：“今有死虎摆在面前，何不将它暴打一顿。一来出出我们心中恶气，二来显显我们威风。且又安全，毫无闪失，不也打虎英雄。”于是发一声喊，一顿拳打脚踢，打得那大虫从口里又流出血来。又照着那大虫脸上狠狠吐上几口唾沫，踏上一只脚，吆喝众乡人：“把虎给绑了！”

一九八六

“煞风景文化”

一

一个家庭悲剧在高潮中结束。《雷雨》散场。影院门口人影憧憧，三五成群，仍不断唏嘘、叹惋、感慨。

感慨之声中，细审之，却也不无“独具只眼”之论。

“我看就一个四凤是好人。”

“好人？她要好还和大少爷鬼混？”

“嘿，闹了半天，鲁大海还是周朴园的儿子。可尽受苦了，真倒霉。”

“我看划算的还是鲁大海。”

“怎的？”

“你想想，周萍、周冲都死了，周家的财产以后还不都是鲁大海的？”

二

新宅墙，新大门，新北房三间，新东房三间，新沙发，新床头柜，新电风扇，新电视机，新衣新被，一句话，全新。接着又添置一台新进口录音机，又接着装配上了两个新大音箱。从此，这新宅院里哇哇地振聋发聩起来。

主人不时美滋滋地笑问：“你听，俺这声音比街上商店里的谁的响？”

或问：“放这么响干什么？”

“花钱不就是图的听个响儿！”

三

月朗风清，柳丝拂面。一双情侣，西装革履，绸裙筒袜。“月上柳梢头，人约黄昏后。”诗境、画境，最佳之电影镜头也。

卿卿我我，唧唧哝哝：

女：“……”

男：“……”

女动情地：“你真的爱我么？”

男毫不犹豫地：“不真的爱你，是龟孙！”

一九八六

谈　偷

“偷”字，为不体面之字眼。故孔乙己咬文嚼字争辩说：“窃书不能算偷。”

《镜花缘》中黑齿国之诸国民也是“窃书不能算偷”论者，堪为孔乙己之同调。但同却又不同。不同者是黑齿国国民把窃得之书，读之研之，珍重藏之。孔乙己把窃得之书，恐都换酒喝了。相同处则都想极力摆脱这个“偷”字。

戏曲中人物时迁，可能因为不穿长衫之故，所以不像孔乙己那样对“偷”字躲躲闪闪，索性痛痛快快地将自己的戏目标为“时迁偷鸡”。

其实，即使穿长衫的人里面并不见得全避讳这个“偷”字。“偷”这个字眼也并非一概全坏。

程颢老夫子诗曰：“将谓偷闲学少年。”这“偷”字不是悠然得很？

匡衡凿壁偷光，这“偷”字不也颇有点儿奋发之为？

《随园诗话》：“永叔虽偷，恰不伤事主。”以“偷”字喻为善消化古人学问者，难道不是赞美之词？

《长生殿》中之《霓裳羽衣曲》“音繁调骋、丝竹纵横”；逗得李谟“偷得新翻数般曲”，这“偷”字不正意味着知音？

再其实，不带有“偷”字者，也不见得就无关偷事。仍以上例看，假如那位李谟不将“新翻数般曲”标明“偷得”，且拿去投稿，恐怕将要遭到杨贵妃娘娘揭发检举的。没了“偷”字，倒真正有点儿偷了。

一九八六

批点《水浒》

偶尔捡得一笔记本，上载诸多趣文，择其批点《水浒》一段披露之，以招失者。

酒家道："肉便切来添与客官吃，酒却不添了。"（是要搭配，是要外汇，还是留给关系户？）

酒家道："俺家的酒，虽是村酒，却比老酒的滋味。但凡客人来我店中，吃了三碗的，便醉了。"（王婆卖瓜，自卖自夸，只怕人不买你的，一看就知道是个旧买卖人。）

武松笑道："原来恁地，我却吃了三碗，如何不醉？"（笑得好，问得好，看你再有何话说？）

酒家道："我这酒叫作'透瓶香'，又唤作'出门倒'。初入口时，醇酞好吃，少刻时便倒。"（少说几句，省点儿唾沫多好，没人将你当哑巴给卖了。）

武松道："就有五六碗多时，你尽数筛将来。"酒家哪里肯将酒来筛。（对，对，就该这么对付他。）

武松焦躁道：“我又不白吃你的！休要引老爷性发，通教你屋里粉碎！”（哈哈，要起泼皮来了，吓唬谁？反正都是国家财产，你“粉碎”了才好哩！省得我站柜台。）

酒家赶出来叫道：“客官哪里去？”武松立住了，问道：“叫我做什么？”酒家叫道：“我是好意，你且回来我家，看抄白官司榜文。”（哪有售货员紧赶着和买东西的人拉近乎的道理！）

酒家道：“如今前面景阳冈上有只吊睛白额大虫，晚了出来伤人，坏了三二十条大汉性命。”（大虫真是可恶，哪里的人不好吃，偏偏跑到这景阳冈上，吓得人不敢过冈，挤住在这店里给服务员添麻烦。）

酒家道：“这早晚正是未末申初时分，我见你走都不问人，枉送了自家性命。不如就我此间歇了。等明日慢慢凑的三二十人，一齐好过冈子。”（叫他“就我此间歇了”，铺床叠被、扫地抹桌，难道不都是你酒家的事？纵使整月不住一个人，你的工资不是照发！推都推不出去的反倒往回里拉。狗拿耗子，多管闲事！）

武松看了，笑道：“我却怕什么鸟！”（鸟？鸟是什么？）

一九八六

采访武大郎

自从方成画了《武大郎开店》，这位阳谷县里卖炊饼的掌柜一时成了名人。鉴于当今名人必须采访的惯例，应《光明画报》之约，特前往采访武大郎。采访节要如下：

“说我招收店伙不要比我高的，是实情。按你们的文词说，是‘同声相应，同气相求’嘛！按俺们的粗话说，叫‘武大郎玩夜猫子，什么人玩什么鸟’。话再说回来，这也不尽然。俺武家店里原本就有着一个高个子伙计。解雇？不兴。开除？没犯错误。调走？人家该说我不能容纳人才哩。可他晃来晃去像个骆驼似的，叫人心里烦得慌。有了，定个制度，加点儿纪律。比如：门口高矮一律按武家规格。你想直起腰来，对不起，碰头。桌子间隔一律按武家步式。你想迈大步，对不起，碰腿。碰坏了东西，你赔。再说，看什么问题都应一分为二。你个子高，穿衣费布，违反节约原则。就凭这，评先进时就得考虑考虑。

“王伦，浑蛋透顶。亏他还是读书人哩，简直是呆子一个。你想，林冲来入伙，你就留下吧。给他吃给他喝，就是别给他机会去耍枪弄棒让他显出能耐来。这一来，他一辈子也别想压过你去。遇到场面上事，让他出来陪衬陪衬，你不更显得光彩！要叫我，别的部门要，还不放他走哩。可王伦偏偏逼着向他要什么鸟‘投名状’。这倒好，一下山就碰上杨志，这一场好杀！一下子反倒在全寨喽啰面前让林冲把能耐全显出来了。这不是失策？叫我，我才不这么傻哩……”

一九八六

看《贺后骂殿》想及于“衔”

《贺后骂殿》中之孤儿寡妇本要在金殿之上破釜沉舟大闹一场，禁不住新上台皇帝唱出一连串官衔奉送，母子满腔怒气立即冰消。

《我的前半生》载：溥仪皇帝戏弄一管电灯者，封他为“镇桥侯（猴）”，盖此乃蹲桥头乞丐之诨名，此人信以为真，并找内务府索讨“官诰”云云。

“衔”之惹人爱，若此。

“衔”为才干、权力、尊荣之象征，故占有“衔”有如占有银行支票，多多益善。

《辍耕录》云：“中书右丞相伯颜所署官衔，计二百四十二字。”

《池北偶谈》：“明天启中，魏阉擅权，仿《缙绅》为《内官便览》，首列己衔，亦至二百许字。”

头上加戴以衔，犹如女人插戴首饰珠翠，花枝招展，使人艳羡，此理之所固然。

然此女如系一丑婆，其所戴之首饰珠翠不正适足以显其丑？以对比观之，头小而其所插戴愈多，则头之本身不亦更显得愈小？目迷五色，无暇思此了。

一九八六

《虎牢关》揣想

看《虎牢关》刘、关、张三战吕布，忽起揣猜：他们此时作何想法？

吕布可能作如是想：以寡对众，毫无惧色，毋谓勇乎？毋谓英雄乎？诸葛亮舌战江东群儒，我吕布力敌桃园三人，“文攻武卫”，当为三国佳话。尔等靠人多取胜，则英雄所不为。

刘、关、张可能作如是想：我哥们虽生不同辰，却愿死之同时，毋谓义乎？同仇敌忾，群策群力，鸣鼓而攻，前赴后继，毋谓勇乎？毋谓英雄乎？尔失道寡助，夫复何言“英雄”。

各是其是，各非其非。于情可通，于理有据。不知英雄桂冠当属于谁？

且又揣想：试将四人关系分化、改变之，安知此时各之所“是”、非彼时各自所“非”耶！

一九八六

全副文装与全副武装

有一类评画之风，揄扬吹嘘之词，连篇累牍，劈头盖脸。甚者挖棺掘墓，将死人从坟墓中一一请出，以壮声威；似乎不如此不足以慑人也。近又于电视屏幕间见之，恭肃命笔，且忆且录：

“某画家之功力，上溯晋唐，下迄明清。源出荆浩、关仝，兼及马远、夏珪。至如沈石田、文徵明、石涛、八大诸家笔法无不尽熔于一炉……”以助其兴，姑揣拟数语，为之续貂：“应有尽有，样样俱全；货真价实，任意选购。”

此全副文装之文，使我想及《甘露寺》中全副武装之贾华。该将军一上场，即从戏箱中捡出刀枪剑戟，斧钺钩叉，披挂全身。威武矣，只是包袱如此沉重，不知将去怎样冲锋陷阵，怎样去擒杀刘玄德，又不知此全副文装之作者，曾会过全副武装之贾华否？

一九八六

同是天涯沦落人

乘火车到子虚乡去。对面座位上坐着两个妇女。看来她们并不相识，但女人在一起很快就会混熟的。车走了不远一段路，果然，她们攀谈起来。我闭目养神，偶尔听到一些谈话片断：

“大妹子，来吃个苹果，这是打太原车站上买的。”

“谢谢。”

“俺看你这个妹子好面熟。俺想起来了，那天看叫什么‘活’的电影，电影上的那个女的活像你。”

“就是我。”

“大妹子，你叫什么来？”

“叶卡捷琳娜·玛丝洛娃，你呢？”

“俺叫苏三。”

“你从什么地方来？”

“太原。你呢？”

“西伯利亚。”

“对，对，俺看见啦，你是和一大群人排着队走的。说是上什么‘利亚’去，还说那是‘流放’，流放可够苦哟！俺是打洪洞县给起解到太原去的。”

“起解？”

“你不懂么？我的好妹子，俺的这个‘起解’跟你的那个‘流放’一模一样哟！”

“你犯的什么罪？”

“跟你一模一样。”

“也是人命案子？”

“是。”

“死的是什么人？”

“也跟你一样，药死了个买卖人。”

“真的是你下的毒么？”

“也跟你一样，给人冤枉的。”

“啊！”

“俺再一说，我的好妹子你更得‘啊’了。你的那个相好的是姓聂吧，他不是到监牢里看过你么？俺也有一个相好的，叫王三公子，他也到大牢里探过俺的监。这不也是一模一样！”

“啊！我的上帝，怎么这么一样！”

“还有一模一样的哩。（小声地）用大妹子的话说，俺也是在一个院儿里。”

停止了说话。缄默有顷，响起了吃苹果的声音。

“那天看完电影，俺哭了一顿。崇公道老爹说，这是‘同病相怜’哩。他还找出一本书来，说是一位姓托的老先生写的。他念了一段给我听，讲说一个律师老爷办案子的时候念了各式各样的法律条条。你猜怎么着？末了他向法官老爷说，咱们掷骰子。要是双数，原告有理，要是单数，被告有理。崇公道老爹说，你大约就是这么掷骰子给掷到什么‘利亚’去的。他这话真说对了，那天我可看得清楚，中间坐着的那个法官老爷老是掏出表看，可不耐烦啦，像火燎着屁股一样。你想他能问好官司？”

“光是这么着哩！你看那些老爷们的眼像饿狼一样。别看他们嘴里喊着‘凭万能的上帝，凭他的神圣的《福音书》’，他们心里说不定在想着你身上的什么地方哩！”

“嘿！你一说俺也想起来了。你看过《三堂会审》么？那个姓刘的老爷更不要脸，他还问俺头一个开怀的是哪一个哩。”

“开什么怀？”

“别问啦，反正不是好话。我当时心里说：去问你娘去，给她头一个开怀的是哪一个？”我打了一个喷嚏，惊动了她们，于是，谈话中断了。

一九八六

《虹霓关》杂想

聂公绀弩为拙画《虹霓关》题诗曰："一道虹霓出险关，画师几笔媚千般。将军绝技真神武，美目盼兮万马翻。"第二句意在鼓励后学。三句当指王伯当。四句石破天惊，"秋波"直赛过喀秋莎大炮也。此固诗之夸张语，然细思之，的确言之甚恰。综观古今，一触即溃或不触即溃于"美目"者何止百千？而王伯当居然能抵挡数十回合，亦是颇不容易之事。当然，最后还是被捉了去。

说到被捉，想起芥川龙之介关于《虹霓关》之一段话："不是男人捉女人，而是女人捉男人——萧伯纳在《人和超人》里曾把这个事实戏剧化了。然而把这个戏剧化了的并不是从萧伯纳开始的。我看了梅兰芳的《虹霓关》才知道中国已经有注意到这种事实的戏剧家。"

《虹霓关》之"女人捉男人"虽为芥川"注意到"，然而还有为外国人之眼睛所未注意到者，即中国之"夫唱妇随"。东方氏到头来还得随从着被她捉住的新丈夫王伯当而去。实则，还是“男人捉女人”。

一九八六

致唐知县书

（“文化大革命”中，唐家被抄，搜出信札无数，兹录其一，并附小注。）

唐兄足下：

吕蒙曰：“士别三日，即当刮目相看。”信哉。阔别数载，吾兄官阶竟至一县之尊，可钦可羡。尤其兄登台表演，慷慨陈词：“当官不为民做主，不如回家卖红薯。”语惊四座，声誉鹊起。上司垂青，百姓拥戴。飞黄腾达，指日可待矣。弟亦深感露脸焉！惟其如此，尚愿为兄进一言，望参酌之。

弟久浮沉宦海，深谙官场三昧，凡事有光做不说者，有光说不做者。子曰：“述而不作。”圣人早有垂教焉。世上事就怕“认真”二字，千万认真不得。即以吾兄之“卖红薯论”，可谓一语千金。如若认真去做，则一钱不值。何耶？试问吾兄：不再当官，谁再去给兄抬轿子？能否再添财进禄？儿孙前程将如之何？一言以蔽之，全完。红薯买卖做不得也。退一步言之，纵使吾兄超脱，飘然挂冠，尊夫人能答应否？吾久闻兄有四畏之德，恐彼时将家宅无宁日矣！

兄知“修订年龄”之典故否？此典出于数百年之后，足证“上知不移”。后人堪为我辈鉴焉。吾敬兄爱兄，出此肺腑。十年寒窗，成名一举。个中甘苦，祈兄善自珍视之。谨颂

官运亨通

弟某顿首

附注：

唐知县：豫剧《七品芝麻官》中之知县。

述而不作：出自《论语》，意为只阐述而不创作。写信者误解为“说而不做”。

四畏：《论语》：“君子有三畏：畏天命，畏大人，畏圣人之言。”后人将惧内者加上，戏称四畏。

修订年龄：指现今提倡领导班子年轻化，有些超龄者，想法修订年龄减少岁数，恋栈于位。

一九八六

官　衣

幼时喜粉墨登场，跑跑龙套，与戏班中人混得烂熟。吃吃喝喝，说说笑笑，大哥二哥麻子哥。

刚刚还在嘻嘻哈哈，可一穿上官衣，你猜怎么着？脸绷紧了，腰板硬了，撇腔拿调，直想训人，大摇大摆，架子十足。一句话，凛然不可侵犯。

一脱下官衣，你再猜猜怎么着？嘿！又大哥二哥麻子哥了。

真怪，官衣简直是魔衣，一穿上它，人全变了。这现象很有趣，很逗乐，但也发人感慨。

一九八六

哈哈镜里看人生

于电视屏幕上看到一小戏，惜不知何名，略述其情节，并志观感：

一老汉与其子（小丑扮）争执厮打。被其子推搡在地。老汉诉之于官。趋至公堂，见县官状貌与自己的儿子毫厘不差，老汉怔住了。（观者也怔住了。是县官，是儿子？这位县官就是由老汉的儿子改着官衣官帽官靴扮演的。戏作者出此一手，真真为人料想不及。）

老汉见此，大呼："不告了。"县官说："来到这儿，由不得你，告也得告，不告也得告。"（这土政策规定却也新鲜别致。）

老汉无奈，将其子不孝事一一陈述。县官掣出一签，掷与老汉说："你给我将他拘来。"（荒唐透顶。）

老汉说："哪见有原告去拘捕被告的，此本是衙役之事。"县官说："我说了算，这就是我们这儿的规矩。"（此话听来好耳熟，不知这县官是向生活中哪一位学来的。）

老汉持签对儿子说："我拘你来了，这是县大老爷的签。"儿子说："给我瞧瞧是真是假。"老汉说："你抢去不给我了怎么办？"儿子哈哈大笑说："谁稀罕你的，我若是抢你的，也就不发给你了。"（这话说得吓人一跳，"阳羡鹅笼，幻中生幻"。这儿子果真是那县官幻化的不成？拭目以待，且看究竟。可是，戏作者虚晃一枪，没了下文。）儿子逃走了。

老汉挥杖追赶。恰迎面来一卖砂锅商贩。两下相撞，砂锅碎地。商贩要老汉赔偿，且大敲竹杠。老汉不依，拉拉扯扯亦相诉于官。县官误以商贩为老汉之子，先打四十大板。商贩大呼："我不是他的儿子，你弄错了。"县官大怒说："说我错了，再打。"打来打去，结果将商贩打死了。

县官满以为审得好官司，正洋洋得意间，商贩头顶黑纱（在戏里用来表示"鬼魂"。）复上场找官索命。县官瞅了瞅，嬉笑说："你顶着这黑纱，难道我就认不出你了么？"（没想到这县官竟说出如此妙语。这话要多明白有多明白，黑纱就是黑纱，能是别物？顶着黑纱的确确凿凿就是同一个商贩，丝毫不爽。可是，这话说在戏台上，说在戏曲进行的这个节骨眼上，却又要多颟顸有多颟顸。这又明白又颟顸的话，使人啼笑皆非，却又透露出一股无赖气：你不是要索命么？什么黑纱、"鬼魂"，我不管那一套，看你能奈我何！）

于是上前将其黑纱扯下。（扯去了黑纱，商贩也就当不成"鬼魂"，命也就无法索了。这出戏就这样被县官的"打哈哈"搅混得没了结尾。

却又妙在这没有结尾上，它的弦外余音就是这个商贩的索命一案将永远不了了之了。）

一九八六

适可而止

看戏总是要边看边想，如两条腿走路。但需配合得当，方能举步。纵使索求弦外之音，“想”也不得太为出圈。否则一腿伸出过长，则掉到台下去也。

如谓此言不确，请试之《拾玉镯》。一般之所看所想，大率如是：

京胡过门，悠扬婉转。孙玉姣上场，叫鸡喂鸡。（俨然农家女本色。）傅朋上场，二人眉目传情，以示爱悦。（窈窕淑女，君子好逑，合乎“关雎”之旨。）傅朋从袖中摸出玉镯（彼时尚不兴写情书，故只得以此为定情物。）放到地上，（发乎情，止乎礼义。）孙玉姣见玉镯惊喜羞赧，（又怎能不如此，盖玉镯非只玉镯，亦真挚爱恋之心也。）欲拾又止，进退踌躇。（活脱之初恋少女情态。）刘媒婆恰将这一切看到眼里，上前打趣之，问其手拿何物。孙玉姣言语支吾，且佯装生气，欲瞒过刘媒婆。（狡黠得可爱。）刘媒婆将窥

得情状一一模仿。（这是证据，看你还有何话说！）孙玉姣羞得无地自容，（小辫子给抓住也。）刘媒婆示以愿为说合做媒。（刘媒婆不仅风趣，亦且是“愿天下有情人皆成眷属”之大好人也。）

看至此，想至此，美乎哉！一幅少男少女相悦图，一幅生活风情画面，一曲恋爱之颂歌，一场优美戏曲艺术之享受。

见好就收，千万不要思而再。再思下去，则大煞风景矣。又如谓此言不确，不妨“想”来看看。

京胡过门，悠扬婉转。孙玉姣上场，叫鸡喂鸡。（哪有穿得这般好之农家女耶？胡诌！）傅朋从袖中掏出玉镯，放到地上。（玉镯系女人之饰物，男人傅朋为何带着这个？显然他早就安有此心，准备着一见女人就抛出去。焉知他身上没有带着第二副、第三副？焉知他在别的场合不再抛给别的女人？登徒子之流，不是个好东西！）孙玉姣见玉镯惊喜羞赧，（你且慢喜慢羞来着。手镯者，据说乃由昔之女奴之镣铐演化而为今之装饰品，实含有奴役之痕迹。按此说，傅朋不仅有作风不正之资产阶级思想，其鄙视妇女之封建思想于此亦昭然若揭。而孙玉姣欣然纳之，窃自喜之，其不觉悟若此。）刘媒婆上场。（本是男子，冒充妇女【注：刘媒婆多以男丑角扮演】一看就不是好人，装的哪门子女人？居心何在？毫无疑义，傅朋之帮闲也。应该揪下他之假发，剥下他之画皮，使其暴露在光天化日之下，打翻在地！诸位请想【老天爷可别再想了。】此戏有何看头？有何积极意义？哪一点值得学习？）

这样想来想去，看者越看越生气；演者越演越糟心，只好收拾家伙，散场。

一九八六

《卧龙吊孝》唱词新编

诸葛亮唱〔反二簧导板〕见灵堂，不由人，大哭三声。〔回龙〕我的那，公瑾君，你且细听。〔反二簧慢板〕周都督，你为国，忠心耿耿。周都督，你为国，尽瘁鞠躬。曹孟德，领人马，大军压境。擅敢将，东吴郡，一口吞并。多亏你，善运筹，指挥若定。烧战船，破曹瞒，盖世之功。没有你，我西蜀，孤掌难鸣。没有你，我山人，徒借东风。叹周郎，曾顾曲，音律精通。叹周郎，论用兵，孙武般同。只哭得，诸葛亮，老泪纵横，我把那老泪（呃）纵横。哭罢了，我且再，大笑三声。（道我为何发笑哦）叫一声，公瑾君，你且细听。世间事，生与死，身价不同。世间事，惯常是，身后哀荣。你不死，怎能够，盖棺论定。你不死，怎能够，摆好评功。你不死，怎能够，被追认为英雄。（你死得好也）都督哇！

一九八七

“远来的和尚会念经”析

“远来的和尚会念经”，这话的背面则是“近处的和尚不会念经”。

其实，就以远近二字来说，此处之所谓“远”，彼处则谓之“近”；彼处之所谓“远”，此处则谓之“近”。以此看来，两处的和尚均既会念经又不会念经的。

和尚念经之会与不会，要以远近取决，大概这个“远”字，实非遥远之“远”，确切些说，恐是利害无关之类的意思。

比如，从远处来了一个和尚，念一通经，云游而去，与己风马牛不相及，不妨据实评断一番，赞一声好。这样不仅落得个持有公平之论，且亦可捎带着给近处的和尚来一下：“近处的和尚是不如远处的和尚会念经的。”

再比如，那位远处来的和尚，到此“挂锡”，不再走了。虽然仍是同一经卷，是否要赞一声好，这就得考虑了。赞一声本无什么，但会不会给自己将来的提职加薪带来后遗症？是否会“为渊驱鱼”？从

老谋深算着想，这一声赞，还是咽下肚去为妥。于是这和尚也就因为由远而近之故，由会念经变得不会念经了。

《池北偶谈》云：“曹操杀孔北海。其子丕独爱融文辞。每叹曰：‘扬、班俦也。’募天下有上融文章者，辄赏以金帛。”对此，王阮亭赞之以“皆后世所不及”。作者之见恐未尽然，以“远近和尚”之说来论，试将曹操、曹丕所处境况互易一下，曹丕亦未必不杀孔融，未必“独爱融文辞”。曹丕所以能叹“扬、班俦也”，是因为此时的死孔北海已成了“远来的和尚”的缘故。

一九八七

看景识字

“看图识字”已从幼儿园推广到街面上来了。确切些说，倒不妨叫作“看景识字”。比如，招牌上有“芣店”二字，这“芣”是什么呢？看看屋子里有青菜、黄瓜、豆角之类，于是明白了，原来是“菜”字。“氿”是什么呢？往里一瞧，货架上摆满了大曲、白干，原来是“酒”字。“仐品商店”卖的是什么玩意儿？进去看看，点心、蛋糕，原来是“食”字。依此类推，“大午台”就是大舞台，“彤院”就是影院……

“旅客之宂”，倒也实在，将猪（豕）赶跑，人住进去。

“铁辺口”的“辺”字，如果不认识，就马马虎虎算了，千万看景识字不得，怎能为了一个方块字，眼看着一刀将脑袋（首）削去呢！

对着如此这般花样翻新之方块，不免喟然曰：现下圣人何其多也。

一九八七

兔年问兔

鲁迅《狂人日记》中说："兔子的怯弱。"《国策》中说："狡兔有三窟。"你们既怯弱又狡猾。请问：你们是因为怯弱才变得狡猾，还是因为狡猾才更怯弱？

古人以"脱兔"喻飞速之状。你们腿脚健捷，稍有动静，立即溜得无影无踪。请问：你们是因为习惯了溜，才练得腿脚上的功夫，还是因为腿脚上有功夫，才养成的随时准备溜掉的习惯？

你们"扑朔迷离"，雌雄难辨。轻蔑辱骂言词，每冠之以你们的大名；而值中秋佳节，则又呼你们为"兔儿爷"。贱之如彼，尊之如斯。对这种时辱时荣，时毁时誉，你们不理不睬，百不在乎，果真你们旷达超脱若此？

"兔死狐悲"。你们什么时候和狐攀了亲戚？"狐悲"不如"狗悲"，因为"狡兔死"马上就会"走狗烹"。你们说是不是？

一九八七

孙飞虎丑表功

话说张生与莺莺正在书斋幽会，猛听得窗外高声大喝："呔！你二人但知红娘传书递简，怎将我的好处埋没，谢都不谢一声。"张生问道："你是何人？"窗外答道："吾乃大将孙飞虎也。"张生道："好你孙飞虎，你兵围普救寺，恃强夺我莺莺。若不是我致书蒲关，白马将军前来将你杀退，焉得有我们今日。亏你厚颜前来讨好。"孙飞虎反唇相讥道："嘿嘿，亏你还自夸'萤窗雪案，刮垢磨光，学成满腹文章'，竟连这道理也解不开。你想：若不是我发兵围困普救寺，索讨莺莺，老夫人怎能说出'但有退得贼兵的，将小姐与他为妻'的话来，老夫人又何从去赖婚？有她亲口许婚在前，又有她出尔反尔在后，使你们占得双料的理。理直则气壮，不打上这点壮气，你们敢私自约会？纵使你将《凤求凰》弹得山响，我料你也没有司马相如那大胆量。你细想想，这不是我给你们做的牵头？"孙飞虎听窗内没了回声，复自言自语道，"王实甫，你趁我那日吃了几杯水酒，将我撺掇出来，糊里糊涂混搅一场，好与他们争得理，添得胆，去反老夫人的封建，可到头来连谢我都不谢。早知如此，我不发兵围攻普救寺，那时看你这《西厢记》还能唱得下去唱不下去！”

一九八七

书画价目考

《儒林外史》写王冕卖画“得了钱，买些好东好西，孝敬母亲”。揣想这“孝敬母亲”的“好东好西”当为吃食之类。以五斤糕点计，可合时下五七元。不收粮票之高价，亦不过八九元。或谓王冕当时放牛，是业余创作，尚未成为“大家”，应属“新秀”。画价算不得数。

且看有宋一代书家苏、黄、米、蔡之首的坡公。《池北偶谈》载：“殿帅姚某性饕餮，每得坡公手帖，辄换得羊肉数斤，故坡有‘传语本官今日断屠’之谑。”“羊肉数斤”估作九斤计，合时下价共为二十余元，坡公润笔如是。

郑板桥自书“润格”：“大幅六两，中幅四两，小幅二两，条幅对联一两，扇子斗方五钱。”白银现下官价一两为二十元。则板桥润格为十元，最高者为一百二十元。

今之阁、轩之类画店，或书或画，数百元至数千元者比比皆是。

试以三开宣纸画幅用十元之钞票排列满铺之，当至数层。

有语曰：“如积薪耳，后来居上。”

一九八七

魏晋遗风

不止一次看到过男女青年穿着破牛仔裤，膝盖部分磨得泛出白色，裤脚管脱成了毛边。我曾问一青年：“穿得这样破了，为什么不换一条新的？”他说：“别看破，还是花大价钱买来的，现下讲究的就是这个，这才够味。”原来如此，吃饱穿暖之余，讲究起“破味”来了。

读《蕙风词话》见徐啸竹《高阳台》起首句为“扪虱谈雄”。想此典当出自王猛。《晋书》载：“桓温入关，猛被褐而诣之，一面谈当世之事，扪虱而言，旁若无人。”被褐（黑黄色的粗布衣服）扪虱，似乎穷破得可以了。其实并不像阿 Q 和王胡扪虱那样穷得精光。这一点鲁迅讲得很清楚：魏晋时一般名人都讲究吃药，吃药之后皮肤易于磨破，“不能穿新的而宜于穿旧的，衣服便不能常洗，因不洗，便多虱。所以在文章上，虱子的地位很高，‘扪虱而谈’，当时竟传为美事。”“被褐扪虱”为魏晋时代的“美事”，八十年代的破牛仔裤居然与其前后辉映起来，只是少了几个虱子。

为这种“美事”而较劲的是阿Q。看他“许多工夫，只捉到三四个。他看那王胡，却是一个又一个，两个又三个，只放在嘴里毕毕剥剥地响”。

“阿Q最初是失望，后来却不平了：看不上眼的王胡尚且那么多，自己倒反这样少，这是怎样的大失体统的事啊！”

“他癞疮疤块块通红了。”

阿Q再也想不到，他还缺少一条花高价买的破牛仔裤。

一九八七

“改其名而饮之”

“贿赂”二字，在字典上本是笔画清楚，不会“鲁鱼亥豕”了的。可是一打嘴里出来，往往转了调、走了板。

《西游记》里，阿难、迦叶道：“圣僧东土到此，有些什么人事送我们？”在这儿成了“人事”。

《阿Q正传》里的地保：“阿Q，你的妈妈的！你连赵家的用人都调戏起来，简直是造反。害得我晚上没有觉睡，你的妈妈的！……”阿Q虽浑，却也懂得这“你的妈妈的”是加倍酒钱四百文，终于用一顶毡帽作了抵押。

《茶馆》里的吴祥子、宋恩子把这说成“意思”。王掌柜问：“那点意思得多少呢？”吴祥子说：“多年的交情，你看着办！你聪明，还能把那点意思闹成不好意思吗？”

清代官场中惯常说法是：送王爷赏底下人的。

《红楼梦》里的王熙凤，也学会了这腔调：“我比不得他们扯篷

拉纤的图银子，这三千两银子，不过是给打发说去的小厮们作盘缠，使他赚几个辛苦钱儿，我一个钱也不要，就是三万两，我此刻还拿得出来。”说得干脆爽快，然而却又不那么干脆爽快，因为那三千两银子到底跑到哪里去了，读者都很了然。

据说现下更有别出心裁的，是将手表等细软之物封在点心包里，省却了嘴的劳动。这应了《琵琶行》里的话：此时无声胜有声。

“奖金”二字比起“贿赂”二字来要光明磊落得多，按理是不应回避的了。可是然而不然，据说有的企业滥发奖金，遭到明文禁止后，“奖金”也像“贿赂”之于“意思”“人事”一样，或曰“加班费”

或曰“福利”起来。

这使我想起鲁迅在《且介亭杂文》一书中说的：“长谷川如是闲说‘盗泉’云：‘古之君子，恶其名而不饮，今之君子，改其名而饮之。’”证之贿赂、奖金事，这“改其名而饮之”，无独有偶。

一九八七

“故装糊涂”小议

读《池北偶谈》，见有一段趣闻：“宋太祖出兵下江南，后主遣其臣徐铉来，将以口舌胜。赵普屡请择馆伴铉，乃中批差三班院下名使臣以往。铉反复问之，其人声喏，言不识字而已，铉无如之何也。”“声喏”居然使徐铉“无如之何也”，王士禛赞以“太祖之智过普远矣”，“可为处世之法”。

老百姓有句俗话：“一问摇头三不知。”这并非不知，而是不说，是故装糊涂，使人不知葫芦里装的是什么药，带有“狡”味。太祖的使臣用的就是这一手。这在兵家来说无可厚非，但为处世之法，不仅不值得称道，且也难以彻底做到。即如王士禛之称赞“声喏”可为处世之法。而这“称赞”本身就是毫不“声喏”的明确表态，与这处世之法大相径庭。

《红楼梦》里的凤姐指着小旦笑道：“这个孩子扮上活像一个人，你们再瞧不出来。”宝钗心里也知道，却点头不说。湘云便接口道：“我知道，是像林姐姐的模样儿。”在“红楼梦”的时代，将人比戏子，用林黛玉的话说，是“给众人取笑儿”的事。宝钗不说，这装来的糊涂，能说不存厚道之意？湘云口快，却惹来对谁都没有好处的本来可以避免的一场小小风波。这类的故装糊涂，似不应以“城府”论的。

一九八七

给“吃”相面

你面相不好。你看，一个“口”字，一个“乞”字。合在一起不就是张着嘴讨乞？

面相不好，命里缘分好，常给人记挂着，要不人们一见面总说：“吃了么？”可话里掺和上你，总是难听的多，好听的少。不信你听着：大吃大喝，坐吃山空，好吃懒做，吃喝嫖赌，吃里扒外，吃人嘴短，吃亏，吃醋，吃冤枉官司……癞蛤蟆想吃天鹅肉，不就是因为有了你，癞蛤蟆才背了晦，给弄得更癞更丑了？

你怕背时？别着急，让我瞧瞧，你印堂发亮，还有好运走哩。你问应在哪儿？我看时下这个会、那个会、这个检查团、那个参观团不是很多么？八成是在这儿。你问这运气能有多久？天机不可泄露，无可奉告。

一九八七

理直≠气壮

“理直气壮”这句话经常挂在人们口头上，意思是占住了理，气出得自然也就壮了。其实也不尽如此，它们之间并非时时地地皆画等号的。有时，理直了，气不一定壮。《辕门斩子》里的杨六郎，将临阵招亲的杨宗保绑赴辕门。按现在的说法，就是军事法庭审判，依法制裁。此时的杨六郎，对无论是佘太君或是八贤王，义正词严，慷慨激昂，理直得笔挺，气壮得逼人。可是过不了一会儿，穆桂英一出场，给搅和了。杨六郎的老生间杂小生的抑扬顿挫的唱腔再也抑扬顿挫不起来，成了“干洼里的蛤蟆，闭了气了”。何以故？因为杨是穆的手下败将，给打怕了。杨六郎的“气”只好由壮而弱。不仅如此，连“理”也给带累得不那么直得笔挺了。

也有理不直，气却壮的。阿Q偷了静修庵里的萝卜，当老尼姑责问时：

“‘我什么时候跳进你的园里来偷萝卜？’阿Q且看且走地说。

"'现在……这不是？'老尼姑指着他的衣兜。

"'这是你的？你能叫得他答应你么？你……'"

本来被人责问，一变而为责问人。何以故？因为是在他"视若草芥"的尼姑面前气壮的缘故。无理也硬搅得了三分。

看来气壮并不一定有赖于理直。它更有赖于财富、地位、权势等。相反地，理直倒是往往要依赖于气壮的。

一九八七

由廉锦枫所想到的

“网罗”为捕鱼、鸟之具，是小网。还有大网，是天罗地网，这在《西游记》里是用来捕孙悟空的。

《汉书》：“网罗天下异能之士。”“网罗”又与“士”搅在了一起。“网罗人才”之“网罗”，虽系字义之引申，但此二字的相貌，总使人联想起鱼、鸟来。《镜花缘》里恰恰就有着此类的生动描述：

> 话说林之洋船只方才收口，忽听有人喊叫救命。唐敖连忙出舱，原来岸旁拢着一只极大渔船，因命水手将船拢靠渔船之旁。多九公、林之洋也都过来。只见渔船上站着一个少年女子，浑身水湿……项上扣着一条草绳，拴在船桅上，旁边立着一个渔翁、渔婆。三人看了，不解何意。问其究竟，渔翁道：“……来了数日，竟未网着大鱼。今日正在烦恼，恰好网着这个女子。将来回去多卖几贯钱……”

这个女子，书中交代得清清楚楚，是第三十二名才女廉锦枫。

然而，也有想被网着而不可得的。《水浒传》里的阮小五和阮小七说：“这腔热血，只要卖与识货的！”看来，他们在“吴学究说三阮撞筹”回目之前，一直未碰上“识货的”，而因此没有被网着。

这话说阮小五、阮小七则可，说林冲则不可。恰恰相反，林冲是碰上了“识货的”（王伦），结果也是想被网着而不可得。

廉锦枫可谓不幸之幸，碰上了不识货的渔翁，只一百两银子就“网开三面”了。然而，假如渔翁是“识货的”呢？书中没有往这方面写，不好揣测。

我本庸人，无须自扰。但为“人才”着想，与“网罗”二字搅在一起，总感到有着那么一点儿悲剧意味。

一九八七

钓徒贫嘴

“垂钓”，宜入诗，又宜入画。一些未上台的文墨人，或上了台又下了台的文墨人，大都喜好此道。既不必像耕地打柴那样累死累活，又占得便宜排到它们首位，即所谓“渔樵耕读”的。且能活动筋骨，换换口味，于书卷气中增添点儿逸气。庄子、严子陵、昭明太子萧统、任昉、张志和，甚至袁世凯，都拿过钓竿。钓得最起劲的是张志和，自称“烟波钓徒”，浮家泛宅，作《渔歌子》以明“斜风细雨不须归”之志。柳宗元喜孤寂，高吟“独钓寒江雪”。严子陵的收获最大，钓得了“云山苍苍，江水泱泱。先生之风，山高水长”。姜太公别出心裁，据说用直钩钓鱼，似乎很讲“自愿原则”。但不知这钩上是否有饵，如果有，总脱不掉一个“诱”字。因钓得太别致，致使人颇费猜疑。故骆宾王说：“将以钓川耶？将以钓国耶？”袁世凯作了肯定答复，不是钓鱼，是钓大清王朝。

说到饵，一般是用蚯蚓，鱼最喜爱吃。也有不用蚯蚓的，“虞君好宝，而晋献以璧马钓之”，用的是玉和马。也有用美女的，如越之西施，汉之貂蝉。当然，这都已从水里移到陆地，目标由鱼而人了。但有一点儿没变，即“投其所好”。现下钓饵品类更多，如录音机、电视机、照相机、手表、项链等。

李白的钓饵最特别，是“天下无义气丈夫”。这不是用来钓鱼或钓人，是钓鳌，即俗谓之大鳖的。莫非鳖最爱“天下无义气丈夫”？

一九八七

至可笑处，至感人处

美国影片《波托马克河上的悲剧》中有一细节：天气奇寒，飞机失事，乘客堕河中，生命危殆。一中年汉子见状。泅水冰隙间奋勇赴救。至中流力竭，亦生命危殆。大呼："你们再坚持一会儿，我在这儿陪着你们。"这"陪着"二字说得好笑，它在此情境中显得如此不类。然而，正是这句好笑的话里，显示出为人忘己的崇高情怀。这话好笑，却极感人。

同是西方人的一幅漫画：一个上吊的人，双手紧紧地提着自己的裤子（因为他的裤带用作上吊的绳索了）。此状甚为可笑。然而，却又极严肃感人——这位上吊者虽然被迫离开了人世，却仍护卫着人的尊严。

以上均洋人所为。我们中国人也颇不乏此。

《柳南随笔》："葛一龙，字震甫，本洞庭山富室。性好结客，挥金如粪土。晚年金尽，而好客自如。尝遇二三故人于滁阳道上，见其行装萧然，思有以赠之。顾震甫囊中亦萧然也。乃一一书借券付之。

约曰：‘俟稍赢余当一一奉偿……’闻者笑之，然其义甚高，志亦可哀也。”

自己无力倾囊相助，而又极欲“思有以赠之”，乃写借据一一付给友人。就事理论，形同画饼，近乎戏，所以“闻者笑之”。然而，这可笑的举动里，却显现着一颗舍己救人的热切之心。故“其义甚高”，“志亦可哀”。

戴名世的《画网巾先生传》。明末，清兵攻陷福建，清廷“新令剃发，更衣冠，不从者死”。一位“其姓名爵里皆不得而知”的先生，“携仆二人，皆仍明时衣冠，匿迹于邵武、光泽山寺中。事颇闻于外”。后为清兵所捕，将其网巾掠去，先生失去网巾，盥栉毕，对二仆人道：“衣冠者，历代各有定制，至网巾则我太祖高皇帝创为之也。今吾遭国破，即死讵可忘祖制乎？汝曹取笔墨来，为我画网巾额上。”于是仆人在其额上涂画网巾。这举动至为可笑，致使军中“皆哗笑之”。可是，在这表面的滑稽可笑里，却正蕴含着亡国之痛，以及坚贞不屈的气节。这位画网巾先生的可笑处，恰是感人处，使人肃然处。

读报刊文章，见有如下之说：按照或英雄或正直的人物性格逻辑，“他的行为、语言、动作、心理都必须是崇高的。但当他处在与崇高性格不协调的情境中，他的行为、语言、动作、心理就可能表现出滑稽的特性，形成崇高与滑稽的二重组合。”证之以上数例，甚为入理。

一九八七

画《相驴》插图小记

鲁兵以《相驴》一文嘱余作画，展读之，不由莞尔。鲁兄可谓趣人，为相马之伯乐找了一个相驴之叔忧，大唱其对台戏。

伯乐相马本无既定标准，赏识在牝牡骊黄之外。叔忧则有不移之规：一曰善叫，二曰善踢。

叔忧爱“善踢”之驴，如说要驴来踢自己，则恐未必，即使傻瓜也不会做此傻事。大概是为了要驴去踢别人，盖以驴腿子代替狗腿子也。不知此揣度切合叔忧之旨趣否？姑存疑。

至于叔忧爱“善叫”之驴，个中道理，以人喻之，即可了然。驴之善叫犹如人之擅长嘴上功夫，诸如吹嘘捧场、谄言媚语之类。而驴嗓门之恢宏，又胜人百倍。故叔忧闻驴叫则连夸“好音”，“绕梁三日”。

同气相求，善叫之驴遇叔忧，身价倍增而为“千里驴”。老天保佑，千万可别碰上“黔之虎”，纵使有摇山动地之势，也难免“呜哇”一口为果腹物也。

一九八七

“三”之浮想

戏曲与“三”字瓜葛甚多。剧目如《三岔口》《三堂会审》《三战吕布》《三打祝家庄》《三上轿》《除三害》《三笑点秋香》……戏曲角色中有“三花脸”，戏曲唱腔中有“快三眼”“慢三眼”。“三”在戏曲里还起着关键作用，如：没有三巴掌显不出义无反顾的决绝来，所以才“三击掌”。一次两次欠火候，非得三次才能把周瑜气死，所以才“三气周瑜”。如要武松痛快地将蒋门神饱打一顿，则需要“无三不过望”。刘备如果没有耐心去卧龙冈“三顾茅庐”，恐怕是请不出诸葛亮来的，看来关羽、张飞不如刘备深谙“三”之三昧。

戏曲之外，有关“三”者尤多，可谓俯拾即是。旧时孩童启蒙就是读《三字经》。要想使孩童受到好的影响须慎于择邻，故“孟母三迁”。若想引人重视，非“三令五申”不可。口若悬河则要凭“三寸不烂之舌”。如想将恋爱小说写得波澜起伏，则需要加上“三角”。故人握别，离情依依，最宜高唱《阳关三叠》。更有意思的是就连害怕也要凑成三数，即孔子所谓的“君子有三畏”。行事之先，则要“三思”。为了说明人多不办事，不找两个，不找四个，偏要找出“三个和尚”。

“三”，可少可多，可小可大。少则“三言两语”；多则“一而再，再而三”。“三”之小者有“三家村”；“三”之大者有“三才”——天、地、人。

一切色彩之母为红、黄、蓝三色。

“三”之数字虽小，能量却大。薛仁贵“三箭定天山”。“三户”可以“亡秦”。“三个臭皮匠，顶个诸葛亮”。

“三阳”方能“开泰”，大吉大利。而郑和沾了“三保”的光，一帆风顺下了西洋。左思因写《三都赋》，一时名声大振，“洛阳”为之“纸贵”。正是由于“三”字值得称羡，故“己亥”充冒“三豕”。

书若要读得熟，则需“韦编三绝”。文章惟“三多”方能做得好，即欧阳永叔所谓“为文有三多，看多、作多、商量多”者。前些年出了个新词儿叫“三突出”。封建老祖宗更喜“三”字，诸如“三纲”“三从”。洋人对“三”字亦感兴趣，故有“三K党”。狡猾嘴脸莫过于“两面三刀”。以伪乱真将无说有者则“三人成虎”。

“三”字之例不胜枚举，随笔所记，仅九牛一毛。而“九牛”之“九”，则又为“三”的倍数，与“三”亦不无关系。

一九八七

《西僧》摘抄

《聊斋志异·西僧》："西僧自西域来，一赴五台，一卓锡泰山。其服色言貌，俱与中国殊异。自言：'历火焰山，山重重，气熏腾若炉灶。凡行必于雨后，心凝目注，轻迹步履之。误蹴山石，则飞焰腾灼焉。'""僧言：'途中历十八寒暑矣。离西土者十有二人，至中国仅存其二。西土传中国名山四：一泰山，一华山，一五台，一落伽也。相传山上遍地皆黄金，观音、文殊犹生。能至其处，则身便是佛，长生不死。'听其所言状，亦犹世人之慕西土也。"

这很容易使人想起《西游记》里的唐僧师徒四众，过通天河，陷盘丝洞，越火焰山。尤其那火焰山，烈焰腾空，竟将行者的"两股毫毛烧净"。历尽艰难险阻，长途跋涉，去那西方极乐世界，拜见真如，求取真经，修得正果，成佛成圣。

假如《西游记》里的来自东土的僧众，恰好在火焰山下遇到《西僧》里的来自西土的僧众，恐怕在《西游记》里又要添出一回有趣的

章节了。

西僧说的东土“遍地皆黄金”，我们东土人一听都会笑掉牙的。然而西土呢，恐也“极乐”不到遍地皆黄金。不然的话，何以阿难、迦叶还要向唐僧师徒索要“人事”？何以佛祖还会说出“向时众比丘圣僧下山，曾将此经在舍卫国赵长者家与他诵了一遍，保他家生者安全，亡者超脱，只讨得他三斗三升米粒黄金回来。我还说他们忒卖贱了”的话？

西僧说“能至其处，则身便是佛”。如果猪八戒仍念念不忘高老庄，依然那副贪欲嘴脸，即使卓锡在大雷音寺里，也成不得佛的。“能至其处，则身便是佛”远远不如佛家的另一句话：“放下屠刀，立地成佛。”

一九八七

有感于齐翁之《不倒翁》

白石翁喜画不倒翁，且有题诗：“乌纱白扇俨然官，不倒原来泥半团。将汝忽然来打破，通身何处有心肝。”幽默诙谐，入木三分。然细论之，又觉未免责之过苛。试想：虽乌纱白扇官样，实系泥团。半团之泥，固无功于民；然亦无扰于民。

《阅微草堂笔记》：“有一官公服昂然入，自称所至但饮一杯水，今无愧鬼神。王哂曰：‘设官以治民，下至驿丞闸官，皆有利弊之当理。但不要钱（不贪赃）即为好官，置木偶于堂，并水不饮，不更胜公乎？’官又辩曰：‘某虽无功，亦无罪。’王曰：‘公一生处处求自全，某狱某狱，避嫌疑而不言，非负民乎？某事某事，畏烦重而不举，非负国乎？三载考绩之谓何？无功即有罪矣。’”

不倒翁无功于民，“并水不饮”。公服之官无功于民，“但饮一杯水”。不倒翁远胜只拿薪水不负责任之官僚主义者多矣。

一九八七

游览与少林寺

记得以前武侠小说上写过，到少林寺学艺，进门容易出门难。学艺期满考试，从大殿到山门，要一路打出去。明枪暗箭，层层设伏。说不定在哪个节骨眼上袭来一下子，稍一不慎，就给“栽”了。按眼下说法，拿不到少林寺的“毕业文凭”。

近几年间，我到过一些游览胜地，触景生情，常常想起武侠小说里的少林寺来。如果说少林寺里的学艺者担心的是武艺是否到家；我担心的则是腰包里的钞票是否够用。这也像是一种“考试”，如果对付不下来。就等于缺了几门功课，不能打“览胜”全分的。比如：门票、塔票、殿票、楼票，这个票，那个票，“上穷碧落下黄泉”，说不定在哪个节骨眼上杀出“票”来。记得有一处可爱的胜地，进厕所要小便票。不过不须办买票手续，交二分钱即可。这大概是从西方文明国家学来的一招儿。如果这时恰恰没了那二分钱怎么办，虽然我们有句俗话，“反正活人不能给尿憋死”，看来纵使给尿憋不死，恐也活得不太好受的。

但与少林寺也有不同处，少林寺里的设伏都是真刀真枪，毫不含糊。而某些胜地则是虚晃一招，当你掏出钞票探其究竟，原来是空城一计。但于此又可见出比少林寺的高明之处：兵不厌诈。

一九八七

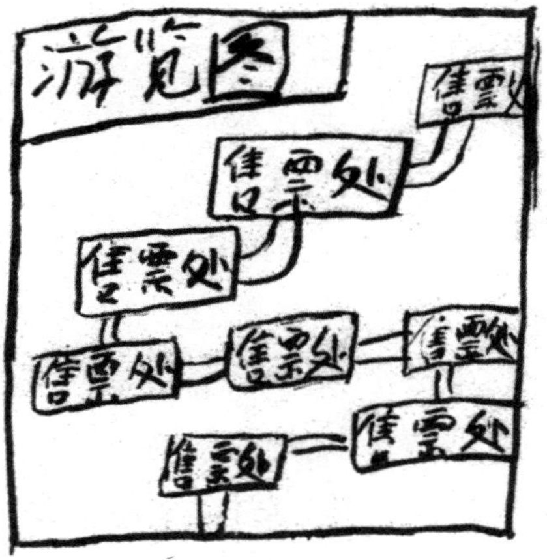

不懂之懂

——一个小女孩儿的自述

“我六岁了。我喜欢画画儿，画鸟，画小兔，也画人。画戏台上的，画电影里的，也画妈妈……爸爸说我画了有一百多张，原来我画完扔掉了的，爸爸都捡起来了。爸爸的朋友李叔叔、王叔叔看了，都说画得好哩。我心里想，好个屁！有一天来了一个爷爷，问我画画儿时有哪些想法，为什么要这么画，为什么要那么画。我说什么想法都没有，是玩哩。他笑了，爸爸告诉我说这位爷爷是编辑。后来，那些画印在画报上了。又后来，那些画挂在公园的房子里，说是‘展览’。好多大人都来看，高高兴兴地，看着看着，又不高高兴兴了。只听说什么‘这主办单位为什么没有写上我们？这孩子的爸爸的爸爸不是我们单位的职工么！’这孩子的姥姥家就住在我们街上，有好多画都是在姥姥家画的哩。可是，我们街上竟连提也没提。’我问爸爸怎么了，爸爸说：‘别问了，你不懂。’电视台的人也来了。爸爸给我联系好的准备让我去上学的那个学校最热情了，借给了一辆汽车，拉着我们到学校里拍电视。拍完了，汽车却不见了，把我们给扔在那儿了。说是电视台的人光冲着我拍照了，没有照上学校里的伯伯、阿姨。爸爸担心地说：‘恐怕上学的事要成问题哩。’我问爸爸怎么哩，爸爸说：‘你不懂。’老是我不懂，我不懂。我也会猜得懂的：不就是因为伯伯、阿姨喜欢我，才想和我一起拍照的么。电视台的人才不懂哩！”

一九八七

神哉，蛋兮

一朋友告诉我：“现下卖鸡蛋的更喜以粮票兑换，因为这对他们更合算，还有不要粮票专门要药的。”我问要药干什么，答说：“现下在乡间很有些个人开诊所的。”我说：“原来如此。只是谁会多此一举，先将钱去药店买成药，再拿药去换鸡蛋？”答：“何须买，公费医疗。”一语使我恍然而悟。

马南邨的《燕山夜话》一书里讲述过一个明代人编写的故事，大意是一市人捡得一个鸡蛋，于是大发奇想：将蛋孵成母鸡，鸡再生蛋，蛋再孵鸡，如此两年之间可得三百鸡。将鸡卖掉，再换成五头小牛，小牛长成大牛后再生牛，三年后可得二十五头牛。牛又生牛，再三年可得百五十头牛。再将牛卖掉，将所得钱放高利贷，三年间可得五百金……

我总把这故事当笑话看，笑这鸡蛋居然能诱发出如此大的贪欲与想象力。《钱神论》中说“钱可使鬼”，蛋竟然也可以役人。当然，这仅是书本上的杜撰。没想到这书本上杜撰的故事竟跑到现实中来了。试将那以蛋易药者按着那明代的故事编排一下，可以看出两者间有多么近似：

“一人得一鸡蛋，于是大打算盘：一个鸡蛋可换得一瓶药，将卖药所得的钱，可买得十个鸡蛋，十个鸡蛋又可换得十瓶药，十瓶药的价钱可买得百个鸡蛋，如此三年之后可得不止‘五百金’。”

但也有同中之异，明代故事里的那位“市人”纯系财迷发疯的空想。而以蛋易药者却是实打实的精细算盘：让别人白吃鸡蛋，自己从中捡便宜药，于己于人，皆大欢喜，以蛋诱之，何愁生意不得兴隆，何愁公家的药品不源源流入自己的药柜。

蛋能如此生财，能谓不神乎哉！

不知是否有人为此而会“杀鸡取卵”？

一九八八

郑妥娘传奇

话说郑妥娘正在秦淮河边凭栏闲眺，忽然打起盹来，身不由己飘至空中，一瞬间，一分为二，成了两个郑妥娘。其中一个被“桃花扇”一扇，变得甚是丑陋，另一个被“蕙风”一吹，却如仙姝一般。

丑郑妥娘立即火了起来：“老孔如此丑化我，非找他算账不可！”

美郑妥娘道：“先不要急，待慢慢说话。”

丑郑妥娘道：“你占了便宜，你自慢慢说话去。你听这是扯的什么淡话：‘看你这嘴脸，只好脱靴罢了。’我是高力士？”

美郑妥娘道：“谁叫你说‘我老妥是要现钱的’来。不自庄重，难怪孔尚任老先生如此写你。”

丑郑妥娘道:“哎哟,天哪！连这话也叫老孔在戏里给编出来了？”

美郑妥娘道：“提起文人编文编戏的事来，况周颐老先生倒是着实抬举了我。他在《蕙风词话》里摘录的《小传》，说我‘南曲妙姬，丰姿清丽’哩。”

丑郑妥娘道：“你遇上了况老先生，算是你烧了高香。我碰上老孔，算是我倒了活霉，将我‘以阿丑之诙谐，作无盐之刻画’，站在戏台上让千人瞧万人看，好不寒碜人。”

美郑妥娘道：“况老先生说，这是‘肆笔打诨，若瓦衖陋姝，一丁不识者然，殆未深考’的。”

丑郑妥娘道：“当然是‘殆未深考’的。我虽然没有大学文凭，要说诌几句诗什么的，还不费事，怎能一丁不识！不信，听我吟来：虚名每被诗家卖，素艳常遭俗眼嗤。开向人间非得计，倩谁移上白龙池。”

美郑妥娘赞道：“妙！这像是咏梅哩。借物言志，得比兴之旨。”

丑郑妥娘道：“快别赞了，你赞我，这不是自家赞自家？这不应了俗话说的‘王婆卖瓜，自卖自夸’了。”

美郑妥娘笑道：“好爽快。无怪你能张口说出‘我老妥是要现钱的’话来。”

丑郑妥娘道：“你先休要取笑，干我们这行不也是交易？不要钱要什么？现钱也好，不现钱也好，反正都得要的，还是现账现清干脆。看来，老孔编的这句话，倒没有太离了谱儿。可是我又弄不明白了，连郑康成家的婢子都会之乎者也，像我郑妥娘受过文人学士熏陶的竟会一丁不识？可偏偏把我给编排成这样儿，这话该怎么说？”

美郑妥娘道：“你要是识了丁，也就不爽快了！”

丑郑妥娘道：“我倒是看了《桃花扇凡例》来，说什么‘非乌有

子虚之比’，难道我鼻子上这块白粉就是原有的不成？”

美郑妥娘道：“这又是你粗心了，你没看到上面明明还写着‘稍有点染’哩。”

丑郑妥娘道：“是了，是了，谁叫我又名‘无美’来，鼻子上的白粉八成是打从这因由上‘点染’出来的。”

美郑妥娘道：“这倒不见得。你没听后人讲过‘历史真实、艺术真实有一致性也有区别性’的话？总要生、旦、净、末、丑角色俱全才能凑成一台戏。丑角总得有人来扮，派来派去，孔老先生借重了你，是也不是？”

丑郑妥娘道：“可倒也是。《桃花扇》《选优》那场戏里，阮大铖就将丑角派给了李贞丽。可是话又说回来，那是因为贞丽得罪了阮胡子，我可没得罪过老孔！”

美郑妥娘道：“且不要将孔老先生和阮胡子相比。孔老先生不是也将柳敬亭派了丑角？我想这用意是：鼻子上给涂块白粉是为了好让

‘这笑骂风流跌宕’哩，你想，这嬉笑怒骂、淋漓痛快的话语不打丑角嘴里说出，那些板着正经面孔的人能说得出？”

丑郑妥娘道：“经你这一说，我也豁亮了。我想还有个道理：没有平地显不出高山。没有我老妥鼻子上的白粉衬不出香君妹妹的妩媚风流。为了我们这位‘碎首淋漓不肯辱于权奸’的妹妹，我甘愿垫底儿了！”

美郑妥娘道：“丑角也不见得就是垫底儿的，《桃花扇凡例》上不是说得明明白白：‘角色所以分别君子小人，亦有时正色不足，借用丑净者。洁面花面，若人之妍媸然，当赏识于牝牡骊黄之外耳。’孔老先生将柳敬亭派成丑角，却赞他‘人品高绝、胸襟洒脱’哩！”

丑郑妥娘道：“既如此讲，我且带着鼻子上的这块白粉。你是考据的郑妥娘，我是艺术创造的郑妥娘，我们各领风骚了。”

美郑妥娘道：“何如合领风骚？”

丑郑妥娘道：“说得也是。”

于是美丑二郑妥娘又合二而一，从空中飘回到秦淮河边石栏旁，醒了盹儿。

一九八七

龙鼠变化

继鼠年三载之后，又到龙年。龙，至高至尊。想到龙，总会想到皇帝。因为皇帝即“真龙天子”。可是与龙同列十二地支的鼠，却至卑至下。想到鼠，总会想到猥琐卑微的小人。一高到天上，一低到地下。霄壤之别，有如泾渭。但然而不然，有时也会搅混到一起，龙偶尔也会露出鼠的嘴脸。

明末诗人王季木的《题项王庙》乐府，就曾风趣地道出了这种龙鼠变化：

三章既沛秦川雨，入关更纵阿房炬，汉王真龙项王虎。

汉王刘邦先入关破秦，“财物无所取，妇女无所幸，此其志不在小”。“真龙天子”当然非刘莫属。而项羽“引兵西屠咸阳，杀秦降王子婴，烧秦宫室，火三月不灭”，不过一“竖子不足与谋”之虎将而已。

玉玦三提王不语，鼎上杯羹弃翁姥，项王真龙汉王鼠。

鸿门宴上，范增三提所佩玉玦示杀刘邦，项羽不为所动，默然不语，是“犹有君人之度也”（苏轼《范增论》）。虎将也有着“真龙天子”气度。

当项羽告诉刘邦，说要烹其老子时，刘邦却说：“吾翁即若翁，必欲烹而翁，则幸分我一杯羹。”完全一副无赖相，龙一下子露出了鼠的嘴脸。

垓下美人泣楚歌，定陶美人泣楚舞，真龙亦鼠虎亦鼠。

刚愎自用的项羽，兵败垓下。谬谓“天亡我，非用兵之罪也”。十方埋伏，四面楚歌。虎，成了地地道道的过街之鼠。刘邦：“病卧床席，召戚夫人以泣曰：‘若为我楚舞，吾为若楚歌。’歌数阕，一恸欲绝。”（周铨语）“威加海内兮”之“威”玩不转也！

当然，曾一度露出过鼠的嘴脸的刘邦，后来终于又复原为“真龙天子”。不过从这里却也透露出一点儿蛛丝马迹：没有鼠性，恐也难以成龙的。

一九八八

超然不了

“超然”二字的活动范围，只能在书本上、诗句里，生活里是去不得的。因为生活里无论或衣或食或住或行都是不超然的。这超然一碰上那不超然，势必靠边站。比如就拿“食”来说，首先得等到解决了不超然的吃饱肚子问题以后，才能谈到去超然。可是这么一来，整天要纠缠在吃饱肚子的问题上，却又没了超然的工夫。

最著名的超然人物陶渊明，他的《五柳先生传》读起来很好听，然而却不能深思。因为一深思就牵扯到不超然的事上去了。比如“性嗜酒，家贫，不能常得”。如果是上了酒瘾怎么办？肚子里的酒虫不依不饶则是显而易见的。看来老先生也料到这一点，于是找补了一句：“亲旧知其如此，或置酒而招之。”上了酒瘾有亲旧置酒而招之，当然可以安心超然了。然而细一推敲，这句话说得并不彻底顶事。“或置酒而招之”的这个“或”字，是不定词，是偶然性的。也就是说亲旧不是天天置酒而招之的。如果赶上亲旧没有置酒而招之的时候怎么办？恐怕给酒虫折腾得也就不那么“晏如也”了。

还有那个颜斶，当齐王表示愿“颜先生与寡人游，食必太牢，出必乘车，妻子衣服丽都”时，颜斶“再拜而辞去”。很说了些超然之类的快语。然而总感到他这话是源于情绪而发。因为一开始，齐王伤害了他的自尊心。这情绪本身就不是太超然的。再说，也是主要的，颜斶的家庭境况虽不得而知，但他自己说可以“晚食”，吃饱肚子问题是解决了的，还没有严重地妨碍到超然。

因吃饱肚子问题严重地妨碍到超然的是伯夷、叔齐。这哥儿俩是因为和武王闹别扭，赌气去“超然”的。只靠吃些薇蕨之类的野菜。俗话说：“狼恶虎恶没饿恶。”对付这个“饿”字，是需要点意志力的。这很可敬，然而却不能持久，超然一下，只好见阎王去了。

后来也有效法伯夷、叔齐的，由于吃饱肚子之类的问题从中作梗，总也效法不好，致使得“超然”忽焉中辍。《柳南随笔》中就有此类的记载：

> 鼎革初，诸生有抗节不就试者。后文宗按临，出示，山林隐逸，有志进取，一体收录。诸生乃相率而至。人为诗以嘲之曰：“一队夷、齐下首阳，几年观望好凄凉。早知薇蕨终难饱，悔杀无端谏武王。”及进院，以桌凳限于额，仍驱之出。人即以前韵为诗曰：“失节夷、齐下首阳，院门推出更凄凉，从今决意还山去，薇蕨堪嗟已吃光。”

这很有点贞节女子一下子变成娼妓的味道，且不走运，被这学政嫖客狠狠捉弄了一番。

但也有走运的，就是孔稚珪在《北山移文》里提到的那位周彦伦先生。他虽然也“或先贞而后黩”，但没有被“仍驱之出”。可是由于大鱼大肉将肚子填得太满了，又没了“超然”的空当儿。虽然旧情依依，仍欲“或假步于山扃”，却“或飞柯以折轮，乍低枝而扫迹”，被北山给挡驾了。

饿着肚子，不好超然；吃饱了肚子，也不好超然。

一九八八

称呼考

记得新中国成立初期，彼此都是“同志”相称，或在姓的上面，依年岁冠以“老、小”二字，如老张小张，老李小李。后来不知打什么时候起，姓上面的“老、小”滑到姓的下面变成了“长”字，而且斤斤两两，含糊不得。本是什么“长”的，称呼时少了这个“长”字，犹如少了分量。因此也就有一些会讨好的，像会做生意的买卖人一样，来个尺码上加一加二。是副科长的，呼作科长。反正这加出来的“尺码”用不着花本钱。

写文章的人有个癖好，看到什么玩意儿，总爱引经据典，从国粹里寻出它的渊源来，以证明古已有之。对这“称呼”，不妨也癖好一番。不必从古从远，仅就近从敝老乡蒲松龄的《聊斋志异》里就可找到：

丁亥年七月初六日，苏州大雪。百姓皇骇，共祷诸大王之庙。大王忽附人而言曰："如今称老爷者，皆增一大字；其以我神为小，消不得一大字耶？"众悚然，齐呼"大老爷"，雪立止。

蒲公考证："举人称爷（康熙）二十年始；进士称老爷，三十年始；司、院称大老爷，二十五年始。""唐时，上欲加张说大学士。说辞曰：'学士从无大名，臣不敢称。'今之大，谁大之？初由于小人之谄，而因得贵倨者之悦，居之不疑，而纷纷者遂遍天下矣。"

然而蒲公却未涉及何以"大老爷"三字竟能"得贵倨者之悦"。对此不妨再转回头来，从更近处"考证"了。

《人民政协报》载有文章《何必动此肝火》，摘抄如下：

有一位县委书记，出差回来。发现到车站接他的是吉普车，而不是他平日乘坐的小轿车。他动了肝火，连夜召开会议，只问了三句话："你们接到我免职的命令了吗？我还是不是县委书记？为什么没有我的车子坐？"

三句话，言简意赅，道出了"称呼"的真谛——是关联着坐吉普车还是小轿车的。难怪苏州的那个什么神斤斤计较要争一个"大"字了。

人、神之间也有小小差异，大概因为神食的人间烟火少的缘故，直话直说，爽快得可爱；人的头脑就较之复杂，不明说出，先来两句反问，让对方自己猜摸去。

一九八八

“红眼”与“势利眼”

传说中的锺馗本美男子，且是饱学之士。赴京赶考，途经一鬼窟。被鬼拉进窟里，将他的脸子弄得奇丑无比了。锺馗冤哉。可小鬼为何使坏？小鬼没有表白过。但以人世间事揣想之，大概是因为小鬼看到锺馗比自己美，比自己学问大，醋性大发了。于是发了狠：“我难看，你也别想好看。我算是没门中进士了，你也休想中得进士，谁也别想好！”按现在的话说是小鬼得了“红眼病”了。

锺馗因奇丑无比，果然榜上给除了名。一赌气，碰死了。小鬼如了愿，可没想到锺馗不依不饶起来。锺馗的魂发下誓，要将天下的小鬼斩尽杀绝。按理说首当其冲的当然是那伙鬼窟里的鬼。可是不知怎么搞的，那些鬼竟连毫毛也没有损及。不仅如此，在锺馗嫁妹的时候，甚至在戏台上大出风头群魔乱舞起来，与锺馗打得火热。他们之间的详情细节不得而知。但就人世间事来揣想，大概是这些小鬼觉得锺馗比自己厉害得多、势利得多，不敢较劲了。于是赶紧收起了“红眼病”，又害起“势利眼病”来。吹吹捧捧，拍拍舔舔，奴相媚骨，使尽浑身解数，将锺馗给软化了。

看来，“红眼病”的并发症是“势利眼病”。

一九八八

片语小记

《巢林笔谈》："千墩陈大年尝谓予子昭曰：'君讲立品极是。但生计既薄，须善作家，先使衣食不外假，立品较易。'予深韪其言。"

《宋稗类钞》："司马温公为相，每询士大夫私计足否。人怪而问之。公曰：'倘衣食不足，安肯为朝廷而轻去就耶？'"

陈大年讲的是关于人的品格，司马光讲的是关于官的品格，但都提到了衣食。这大概就是"衣食足而知荣辱"的意思了。想来确系如此，即以"一箪食，一瓢饮""回也不改其乐"来说，虽以箪以瓢，然仍有食有饮。如果无了饮食，恐就难以安其乐、难谈"立品"了。可是反过来看，衣食作为财物，又能诱发贪欲，使之蝇营狗苟从而丧失品格。看来衣食财物之于人品，有些像药，有益而复有害，这当然取决于对它的态度正确与否。仅就相应的衣食保障对树立良好品格来讲，应是精神、物质，相辅相成，不可或缺。古人在这一点上讲得颇为实际，也颇为坦率。

戴褐夫《陶令归田》诗：“南山好豆东篱菊，五柳闲拖出岫云。若是田园归未得，半升也得折腰筋。”虽近乎谐谑，却也近乎实情。

一九八八

由“名”想到的

如果因为小偷盗窃了钞票，而怪罪起钞票来，曰：没有钞票，焉会有盗窃钞票的小偷。因而取消钞票。任谁一听都会笑这逻辑的荒唐。然而这荒唐的逻辑却又真真确确地延续过多年，比如在对待“名”上。

名，（不包括“恶名昭著”之名）表示着智慧、学问、品德、成就。与辛勤劳动、艰苦创造为因果。它闪射着荣誉的光彩。因此人好名，也崇仰名人。然而像钞票既可以用正当劳动手段获取之，也可以偷窃得之一样，“名”既能引人向往，从而激励人们奋发，对天赋、能力充分开拓作出贡献；也能逗人不择手段而争逐猎取之。像出现了偷窃钞票的小偷而去怪罪钞票一样，“名”成了获罪的对象，成了一批再批的“观点”，终至谈“名”而色变。当然这是过去的事情，似不必旧事重提了。所以重提者，是因为看到了魏环溪《庸斋闲话》中一段文字。这位封建时代文人对“名”是作如是观的：“好名是学者病，是不学者药。”这看法应该说是更客观些，更辩证些，也更坦率些。

使之感触的是，按理说，人的认识是随着时代的前进而相应地前进着的。然而，不知怎么搞的，忽然翻了个倒跟头，一下子折到了古人的后面。

一九八八

不似之似

以五元买进之货，一倒手，八元卖出，平白落得三元。甚者，再经二道、三道、四道倒手，层层加码，数倍其值卖出，便宜落入层层腰包，干这行当，人们都知道是“二道贩子”或谓之“倒爷”的。其实，精于此道者远非仅仅此辈。何以见得，请看报载：

> 一个本来只有189户、50多台电视机、上学就医全是自费的村庄，经乡、县、市各级层层上报，到省里便成了拥有200多台电视机、上学就医全是公费的社会主义新农村。有关部门以此命名该村为“双文明建设先进村”。

这“加码”与二道贩子何其相似乃耳。可二道贩子使尽浑身解数，也无非是将价钱抬高；而这上报表却能使实物50台电视机摇身一变而为200台，二道贩子恐也要为之瞠目的。

或谓，二道贩子“加码”是能有几元现钱捞进腰包，上报表“加码”却为之何？俗云：“种瓜得瓜，种豆得豆。”虽非现钱，却是存在上级那儿的“存折”。要等到一定的时候，比如评职称、长工资或提拔干部的节骨眼上才兑现的。

不是“倒爷”，胜似“倒爷”。

一九八八

好事何其多

近日在座谈会上听到一段发言，兹记之：

我是某某地区的教育顾问。有一次我抽查了一个学校的小学生作文，题目是："放学路上"。一篇作文写道：我在回家的路上看见一个老头儿摔倒了，赶紧把他扶了起来。另一篇作文写道：我看见一个瞎子摔倒了，赶紧把他扶了起来。又一篇作文写道：我看见一个瘸子摔倒了，赶紧把他扶了起来。又有一篇作文写道：我看见一个老太太摔倒了，赶紧把她扶了起来，把她送回家。她问我叫什么，我不告诉，我说我们做好事是无名英雄。只有一篇作文写的是：我看见一个癞蛤蟆，捡起砖头要砸。一个人告诉我说：不要砸，别看癞，它是益虫。可就是这篇作文给判为不及格。

这发言把大家逗乐了，然而却乐得使人甚不舒服。何以在同一天的同一条道上竟有这么多摔倒的？何以“好事”竟如此千篇一律？好容易有一个小学生没有碰上摔倒的，可又给判了“不及格”。

这作文使我想起了另一件事：一个小学生向妈妈要了钱，去交给学校里的失物招领处，说是从路上捡得的。

一九八八

孙二娘别传

话说孟州道上有个十字坡，坡前有一酒店。这店明是酒店，暗是黑店。你道这店主是谁？是《水浒传》里的有名人物，姓张名青，绰号“菜园子”，他浑家孙二娘，人称“母夜叉”。

这店专靠蒙汗药酒作勾当，只等过往客商，有那入眼的、行李重的，便用药酒将他麻翻了，图他钱财。端的好个黑店，好个蒙汗药酒也。

话休絮烦，这天他夫妇送别了武松等人，张青有事先进城去了。孙二娘着上绿纱衫儿，头上黄烘烘地插上一头钗镮，鬓边插着些野花，坐在店门口，迎候过往客商。

这时正是六月前后，炎炎烈日当天，铄石流金之际，只见两辆卡车一前一后爬上坡来。到得店前，从车上跳下三个汉子，嚷道：“又热又渴又饿，老板娘，好酒打上一壶，好肉切上三盘来。”孙二娘冷眼打量，这两卡车一箱箱尽是货物。心中暗喜，买卖上门也。忙笑脸相迎，擦桌抹凳，端上三盘熟肉，捧出一大壶酒，放下三只酒杯，三双筷。一连筛了四五巡酒。喝着喝着，三个汉子只觉天旋地转。孙二娘拍手笑道："倒也！倒也！"一汉子道："这娘们儿叫我们倒爷，莫非知我们底细？不好不好，听人说十字坡有家黑店，我们八成进了黑店也！"说罢，扑地便倒，不省人事。另俩汉子也相继倒下，孙二娘道："着了，由你奸似鬼，吃了老娘的洗脚水。"边说边走向卡车，从车上拽下一个箱子道："且看是何财货。"打开箱子一看，一瓶瓶尽是上好名牌美酒。孙二娘这一喜非同小可。你道为何？这十字坡黑店的酒大多放了蒙汗药，孙二娘虽贪几杯，怎能吃它。今儿天造地设将好酒送上门来，怎地不喜！急忙忙打开一瓶，咕嘟嘟喝将下去。岂料不喝则已，一喝下去，不一会儿顿觉两眼发黑，肚内疼痛，四肢瘫软，也仆倒了下去。

再说这黑店里蒙汗药也有个说头，过了一时三刻，药劲自会过去。一时三刻过后，这三个汉子慢慢醒来。爬起一看，见旁边还躺着老板娘。知道险些着了道儿，哪还顾得细看，跌跌撞撞，爬上卡车，急忙逃走。

日色将晚，张青自城里归来，一看浑家仰面朝天，口吐白沫，昏迷在地。旁边还有一箱子酒，一个空酒瓶。拿起酒瓶一闻再细看商标，大惊道："不好，浑家喝了冒牌假酒也！"你道他为何这等着急？因这张青刚在城里听得酒坊人说，市上有冒牌假酒，能把人喝死。大骂道："好个假酒贩子，比我开黑店的更黑心透顶也！"张青边骂边急忙奔向医院去请大夫。欲知孙二娘性命如何？且听下回。正是：

黑店砸了锅，
二娘出了丑。
蒙汗药酒遇假酒，
强中更有强中手。

一九八八

伯乐趣闻

一

一为伯乐所相中之千里马踢伯乐曰："人谓马为伯乐所相中才得有千里之名；我谓伯乐靠相中千里马才得成其伯乐之名。伯乐于千里马有恩欤？抑千里马于伯乐有恩欤？"伯乐无以对。

二

戴名世《答某书》曰："昔伯乐教其所憎者相千里马，教其所爱者相驽马。夫千里马不常有，其利缓，而驽马日日售之，其利急。"伯乐可谓老于世故者，不单精于相马，且精于相世情。

一九八八

马踢伯乐

二郎神

二郎神是三只眼，一般戏曲脸谱是将另一只眼涂画在脑门儿上；独独在川剧里，这另一只眼出现得令人拍案称奇，先是两只眼的二郎神威风凛凛地走到台口，一亮相，飞起一脚踢向自己脑门儿，突然脑门儿上现出一只眼来。这“眼”是在戏台上当场踢出来的。就凭这一手，二郎神也就够出风头的了。

曾听人讲说二郎庙碑文：“夫二郎者，大郎之弟，三郎之兄，老郎之子也。二郎有庙，庙有碑，人曰碑在庙前，吾独曰庙在碑后……”发人一噱。

可是他在戏台上的所为，却使人不敢恭维。在《大闹天宫》里，他参与了讨伐齐天大圣的一伙，他那只哮天犬还在老孙的腿上咬过一口。在《宝莲灯》里，更将其胞妹囚压在华山之下，跋扈颟顸，充当着不光彩的角色。

蒲松龄在《席方平》中，却给二郎神脸上搽了些粉。说“修躯多髯，不类世间所传”，其为神，“聪明正直”。出于他的公断，使席方平的特大冤案得以昭雪。

水至清则无鱼，至浑恐也难其为水。亏得蒲公这一涂粉，使其于专横跋扈中而又聪明正直，又清又浑，不清不浑，二郎神这才庶几更有点神味，或曰人味。

其实，不妨也可将《席方平》编成戏，与《宝莲灯》一并演出。时而正直若此，时而颟顸若彼，想来当为有趣。使人清楚地看出，他在审问别人的官司时，少着自己的利害，头脑尚为清醒；可是一纠缠上家务，利害攸关，头脑就发起胀来了。

一九八八

恍然而悟

王冕，绍兴人，国初名士。所居与一神庙切近。爨下缺薪，则斧神像爨之。一邻家事神惟谨。遇冕毁神像，辄刻木补之，如是者三四。然冕家人岁无恙，补像者妻孥沾患，时时有之。一日召巫降神，诘神云：“冕屡毁神，神不之咎；吾辄为新之，神何不佑耶？”巫者仓卒无以对，乃作怒曰：“汝不置像，彼何从而爨耶！”

该笑话见于陆容《菽园杂记》。我谓虽逗人喷饭，然终属杜撰，无稽之谈也。

浏览报纸，见《重庆晚报》载《该维护谁》一文：

……曾有一个厂长被几封匿名信和一些似是而非的流言引来三个检查组反复检查了两年。据说，问题虽然澄清了，结论

却迟迟难下，熟悉内情者说，原因是要寻觅点别的什么缺点，作检查大员下台之阶。

记得去年初冬《工人日报》所载安徽蚌埠一个化工厂厂长马宏顺由于受检查停职后：问题虽已澄清，却长期不能回原厂，居然赋闲几个月。据说，是上级领导要维护自身“威信”。

读上述报载今人消息，使我恍然而悟，方知《菽园杂记》中那个古人笑话，并非纯系杜撰。

一九八八

笑话续貂

很早就流传着这么一个笑话：

有铁匠师徒二人，师傅对徒弟说："你好好干，以后我把要紧的一手告诉你。"徒弟为了学得那一手，起早贪黑拼命干活儿。三年期满，师傅说要告诉那一手了，徒弟赶忙凑向前去，师傅小声对他说："你好好记着，烧红的铁，千万不要用手摸。"

师傅的一手原来如此。

我们有句古话，叫"殷鉴不远，在夏后之世"。还有句相类的话，叫"前车之鉴"，这铁匠不正是由于自己或别人摸过烧红的铁被烫伤了手才引以为鉴的么。或许这浅显明白的道理有故弄玄虚之意，但无论如何不能说师傅的话有丝毫错处，甚或说是太对了，对得招人发笑。

可是却又听说了一件与此笑话"似与不似"的事：

某地一位文化部门负责干部，就职伊始，就像那位铁匠师傅教导徒弟千万不要用手去摸烧红的铁一样，教导这个不要犯错误，教导那个不要违法，这也是至浅显明白的道理。可是他只光顾了告诉别人“烧红的铁不要用手摸”，却忘了自己。一面谆谆告诫别人，一面将手伸了上去，后果当然不妙，烫伤了手，撤职了事。

这本是原先那个笑话的延续，只是少了幽默感。

一九八八

“逼良为娼”析

现下出版界里流行着一句口头禅：“逼良为娼。”这使人想起了苏三的那句唱词：“一可恨，二爹娘，心太狠。他不该，将奴身，图财卖入了娼门。”这是地地道道的被别人图了钱财逼良为娼的。出版界里某些人所谓的“逼良为娼”，当然是比喻，并没有谁真的入了娼门。然而既有个“娼”字又有个“逼”字，人们难免要问：是谁逼的？怎么逼的？如果这样问下去，又难免会露出有点不太那个的苗头了。因为逼良的肯定不会再是苏三的亲娘老子，实实在在是淫秽书刊。那些书刊像娼妓一样出卖色情，招摇过市。某些国家出版部门一看这营生叫座，于是把脸一抹，东施效颦起来。这是被娼妓搞成了娼妓。这个“逼良为娼”大大不同于苏三那个“逼良为娼”。如谓此说无据，请看一九八八年七月二十日《中国文化报》刊载的国家新闻出版署决定对出版《玫瑰梦》的延边人民出版社和出版《情场赌徒》的工人出版社予以处罚的消息，足证言之不谬。

真假苏三

逼，是对方的事。为不为娼，则是自己的事。不是有誓死不从一说么。看来是心中有的地方发了痒，才给“逼”字留出可乘之隙。因而这被逼为娼的“良”字，也就很有点儿不良了。

是什么搔了那痒处呢？说来说去总不外乎鲁褒先生所谓的“无远不往，无深不至”的“孔方兄”。对这“孔方兄”古人深有体会。《池北偶谈》载：

> 宋人小说记张子韶言：闾巷有人以卖饼为生，吹笛为乐，仅得一饱资，即归卧其家，取笛而吹，如此有年。邻有富人察其人甚熟，欲委以财千余。初不可，坚谕之，乃许诺。钱既入手，遂不闻笛声，但闻筹算声耳。其人大悔，急还富人钱，于是再卖饼，明日笛声如旧。

摘录了这么一段，似涉迂阔之嫌，如司空公子所谓“时易世变，古今异俗”，“无异于遗剑刻船，胶柱调瑟”（《钱神论》），然而“筹算声”能搅得“遂不闻笛声”却无可置疑。少一点儿“筹算声”，被逼（改用“诱”字当更确切）为娼的可能性也就会少些。信欤？不信欤？

一九八八

让风飘忽即止

——从美术片《超级肥皂》谈起

“夫风，生于地，起于青蘋之末。侵淫溪谷，盛怒于土囊之口。缘泰山之阿，舞于松柏之下，飘忽淜滂，激飏熛怒，耾耾雷声，回穴错迕，蹶石伐木，梢杀林莽。”这是宋玉在《风赋》中状述的风的动态与威势。

还有一种风，虽不“起于青蘋之末”，没有“耾耾雷声”，然而却同样的“回穴错迕”“激飏熛怒”，甚或“蹶石伐木，梢杀林莽”。与宋玉的状述一般无二。这种风，不妨称之谓人世间的风。

空气遇冷热而胀缩而流动为风，冷热是至关处。在这一点上，人世间的风与自然的风有着惊人的一致。

说到“热”，不妨摘录报纸上的一段话：“中国似乎是一个极容易‘热’起来的国度，近几年人们看到的有‘出国热’‘开会热’‘挂历热’‘文凭热’……最近又出现了‘对话热’。”

热极生风。热衷于公费请客，于是刮起了“吃喝风”；热衷于公

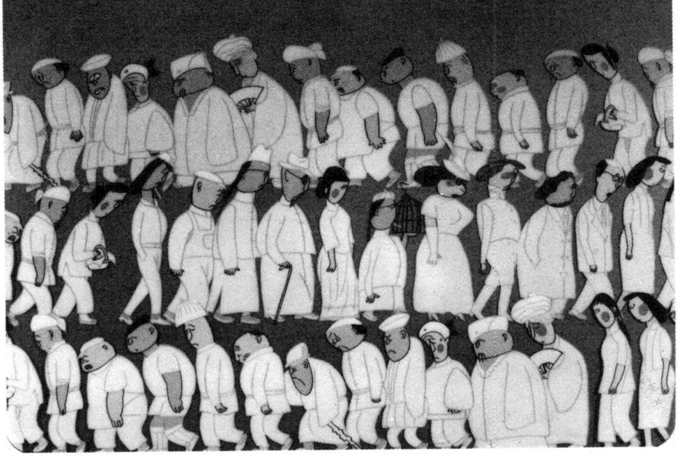
《超级肥皂》影片镜头

费旅游，于是刮起了“旅游风”。

热于此，则冷于彼。冷热不均，于是偏颇倾斜，一边倒起来。一讲对外开放，连进口手纸也放出了光彩。热起来，爱屋及乌；冷起来，厌恶和尚恨及袈裟。

自然的风，或东西或南北，均循于春夏秋冬时序。人世间的风，却从不受节气的制约。而且更有其独特处。这是因为人是万物之灵，会点火煽风。风助火势，火添风威，直到刮得连自己也迷糊了而后快，并不止于“蹶石伐木，梢杀林莽”的。

自然的风，本系“天地之气，溥畅而至”，其对人类之盲目性可以理解。可人类是最富理性的，为何也刮起盲目的风来？

我们打算把这种人世间的荒谬的风在银幕上再现，杜撰了一个荒谬的情节：让一块肥皂兴起风来，刮得人们晕头转向。

我们又认为，这种风不仅在中国有，外国也有，应该说是全球性的。基于这种看法，我们让各式各样的人物参与了这出闹剧。有今人，有古人，有中国人，有外国人，甚或有施粉涂朱逢场作戏者。

这是一部仅仅几分钟的小短片，但愿人世间的风也像这小短片一样，飘忽即止。

一九八八

题《张敞画眉图》

《汉书张敞传》：敞“为妇画眉，长安中传张京兆眉怃”。眉，竟然受到这位京师地方长官如此垂青。

而骆宾王则对眉大肆挞伐，罪之以“不肯让人”（《为徐敬业讨武曌檄》）。是武后仗着“蛾眉”击败了后宫所有对手的。

“眉”字一跟“女”字联合起来，就更了不得。仍是骆宾王的话：“狐媚偏能惑主。”居然能俘获圣上。“回眸一笑百媚生”的“媚”的威力若此。张京兆所以爱“为妇画眉”，大有道理在焉。

爱在眉上做功夫的不只张敞。《清异录》：“莹姐，平康妓也。善画眉，日作一样。”这位莹姐，每天能画出一个新样儿，可谓圣手了。

别具一格的要算虢国夫人，“淡扫蛾眉朝至尊”。似画不画，意到笔不到，颇具绘画匠心。

西施的眉，给人的印象似乎不是画，是颦，是将眉蹙在一起。李白诗“西施宜笑复宜颦”，是靠做功。不画之画，无为之为，当更高一筹。

正因为眉作用于“媚”，眉也就成了关注的对象。“芙蓉如面柳如眉”，李隆基思念杨贵妃，首先进入他意识中的就是眉。

也因此成了遭忌的对象,辛稼轩就慨然地唱出了“蛾眉曾有人妒”。

眉对男人也有用场，长条好眉，则可称作“须眉丈夫”。就连鸟有条好眉也值钱。如画眉鸟。

人们说眼是心灵的窗户，其实眉也是心灵的窗户。眼与眉是“两峰对峙，双水分流”。谓予不信，请看：挤眉弄眼，眉来眼去，横眉竖目，眉目传情，眉开眼笑，眉高眼低……眉与目像两个相声演员配合表演，不可须臾或分的。

一九八八

《随笔》的随笔

俞樾《春在堂随笔》中有如下一段记述：

> 谢梦渔尝语余曰："学问是一事，科名是一事，禄位是一事，三者分而不合。"余深韪其言。

其学问、禄位分而不合一语，以今之语言来说，即两者不是一码事。以今证之，其言未必。试看，比如某某一旦居了"长"字位，诸如学术探讨会、文艺研究会、书会、画会之会长、理事长、名誉会长等等另外之"长"字，亦随之而来，学问忽焉大哉。一旦离其"长"字位，"会长""理事长""名誉会长"等等另外之"长"字，亦随之相继而去，学问忽焉小哉。

由此观之，应曰：学问、禄位合而不分，如影之随形也。

一九八八

逛“名”市

像鸟市、鱼市、菜市一样，“名”也应该有个市。而且事实上也似乎的确有着这么个市。因为“名”可以买，有语曰“沽名钓誉”，就是说像沽酒一样可以沽名。“名”可以卖，孔子曰：“沽之哉！沽之哉！我待贾者也。”

现下流行着一句话，叫“知名度”。看来“名”也和酒一样有度数。酒的度数最高的要算衡水老白干，六十七度，“名”的最高度数不知几何，但有一点可以肯定，度数越高越值钱。

如果稍稍留心，就会发现“名”市上也像鸟市、鱼市、菜市上一样，有老实本分的，也有邪门歪道的。

像“十载寒窗，一举成名”，埋头苦干赚得个好名声，是老实的一类，用现在的话说，是“信得过商店”。

至于邪门歪道，就五花八门了。

比如冒牌货。《水浒传》里的李鬼说得干脆：“为是爷爷江湖上有名目，提起好汉大名，神鬼也怕，因此小人盗学爷爷名目。”

但也有出于不得已而冒牌的。《柳南随笔》：

“汉，长安庆虬之善为赋，尝作《清思赋》，时人不之贵也。乃托以相如所作，遂大重于世。

“梁，张率常日限为诗一篇，年十六，向作二千余首。有虞讷者见而诋之，率乃一旦焚毁，更为诗示焉，托云沈约，讷便句句嗟称，无字不善。”

恐怕像虞讷先生之类的上当受骗者不止一两位而已。平心而论，这冒牌行径固然使人不敢恭维；但上当者也是《群英会》里的黄盖，甘心愿挨的，这是两厢情愿的买卖。

再如借光，古语谓之“攀鸿翩附骥尾”的。是将自己的小货摊摆在大铺子招牌底下，远远看去像一家人一样。犹如穿上别人的貂裘，虽是借的，也落得风光一时。

买空卖空也是生财之道。据悉，某画家自谓其作品悬挂在什么堂的什么厅里，而这又非一般人足迹所到之处。姑妄言之，姑妄听之，听来听去，也就姑妄信之了。评职称了，有关部门作为评职资料前往拍照，结果成了真正的“此地无银三百两”。但这种买空卖空的“虚”，赶对气候，也会虚中生实，捞得好处。

但也有吃了这虚名的亏的，《红楼梦》里的晴雯呜咽道：“我今儿既担了虚名，况且没了远限，不是我说一句后悔的话：早知如此，我当日——”这应了“人怕出名猪怕壮”那句话了。

在“名”市上，也有小偷小摸的。《儒林外史》里的牛浦郎就有一个主张：“三讨不如一偷。”于是将“牛布衣诗稿”偷来。因想：“他这人姓牛，我也姓牛。他诗上只写了牛布衣，并不曾有个名字，何不把我的名字，合着他的号，刻起两方图书来印在上面，这两本诗可不算了我的了！”但这担着风险。虽然是姓牛的偷姓牛的，没有出了本家，一旦被抓住手腕，也是要挨一顿揍的。在“名”市上，还有像旧社会时天津南市里的混混儿，霸住一个地盘，看到谁的货好，嘴角一撇：“见面分一半。”末代皇帝在《我的前半生》一书中透露，堂堂考古学家罗振玉就借重于这手段。据说王国维最初的几部著作，就是以罗振玉之名付梓问世的。这一手还源远流长而至于今，如某美术出版社负责人，从来没有摸过油画笔，可是在其本社出版的单幅油画作品上，竟赫然名列前茅。这虽然有些霸气，总也算将“考古学家”“油画家”之名捞到了手。

“名”这玩意儿，似乎有些弹性。可以像吹糖人一样将“名”吹得再大一些，虽然分量依旧，可体积增大了，弄得好也可以卖大价钱。但这里说头甚多，有自己吹的，有请人吹的，有吹得天衣无缝的，也有吹得破绽百出的。当然破绽一出，也就爆了。

虽然有“人怕出名”一说，但人们更喜欢说“雁过留声，人过留名”。因为“名”意味着毅力、品德、勇敢、智慧、创造……

“名”可以吓人，能使人“闻名丧胆”。“名”可以吓神，故“太公在此，诸神退位”。“名”可以扬四海，还可以像戏里唱的“落下个美名儿万古流传”。但是也千万别忘了另外一句：“恶名昭彰”。落到这个份儿上，就像鸟市、鱼市、菜市上的死鸟、臭鱼、烂菜一样，只好扔到垃圾箱里去了。

一九八八

“疴”而要“养”，信有之乎

“养疴”是文词，说白了就是“养病”。早已有人指出，“养病”一语倒的的确确是有语病的。因为对病要治要祛，何得要养？然而此语早为祖宗约定俗成，远在六朝时代的谢灵运就已“养疴亦园中”了。奈何！

或许，“疴”真的要“养”吧。

有一出叫《三堂会审》的戏，其中有一位王三公子，这位被纠缠在官司里的主审大人，实则处于被审地位。审来审去，自己总是给牵扯进去，受尽陪审官的调侃奚落。却又装腔作势，遮遮掩掩，愈急于摆脱这一困境，却又愈陷愈深。终于受不住了，忽焉告病，溜进后台。这大概就是所谓“养疴”去了。

从王三公子可以看出，养疴的“疴”与治病的“病”，的确有不同处。病是去如抽丝不治不愈；而疴则是招之即来挥之即去，不痛不痒不冷不烧。如谓言之无据，请耐心再将《三堂会审》继续看下去：没出几

分钟工夫，会审结束，王三公子又精气神地走了出来，忙着探监叙旧去了。疴呢，“拜拜”了。

从戏台上再看戏台下。正巧，最近报载，也与王三公子一样被牵扯到官司里的某地交通局局长，因违反交通规则触犯法律。当司法部门传讯他了，也忽焉告病，进了医院，大概也所谓“养疴”去了。

从戏台上到戏台下，又可以看出，“疴”与带“长”字者或近“长”字者有着更多的缘分。

“疴”而要“养”，信有之的。

又据闻，那位某交通局局长没有等到和王三公子一样把“疴”养得可以“拜拜”的时候，还是被司法部门传走了。看来，“疴”而要“养”，又似乎不太那么好养了。

一九八八

“且听下回分解”

在说书场里经常听到的一句话是“且听下回分解”。这“且听下回分解”，逗得人难熬难耐。譬如：“正打得难解难分，忽听嗖的一声，哎呀不好，未知后事如何，且听下回分解。”鼓，咚的一声，说书人打住了，可是听书人的心却都给悬在了嗓子眼上。是走，是不走？实在不想走，也不敢走。谁愿意将心永远给揪着去。说书人喝够了茶，慢悠悠地站了起来，又慢悠悠地拿起鼓槌，咚的一声，开腔了：“忽听嗖的一声，一只飞镖打来，哎呀不好，忙将头一歪，那镖擦着耳朵飞了过去。”不知是善于躲闪呢，还是打镖人武艺不高，抑或手下留情？总之，原来如此，稀松！

“且听下回分解”是中国口头文学（包括章回小说）的独家发明。它剑拔弩张煞有介事，然而十之八九却稀松平常，颇含有些愚弄人之意。

这“且听下回分解”又似乎不仅仅于说书场，如果读读报纸，听听街谈巷议，俯拾即是“且听”与“下回分解”的。譬如，就地取材，

就《瞭望》所载：某地一位“倒爷”恶迹败露，按其问题性质应受严惩了，“未知后事如何？且听下回分解。”拭目以观，洗耳以听，然而“下回”却以“象征性的罚款”“解”了。又如一家“官倒”非法倒卖活动猖獗，照法规应予取缔，“未知后事如何，且听下回分解。”拭目洗耳以观以听，然而“下回”又以“负责人只作个所谓的检讨”“解”了。就像说书场里的那只飞镖擦着耳朵飞了过去，不知是善于躲闪呢，还是打镖人武艺不高，抑或手下留情？稀松！

又报载：某地税务所检查组到某信息产业公司进行税收检查，该公司负责人说：“你们税务所无权查我，你们想检查，先让你们局长给我打个电话再说。”这位负责人还不许公司财务人员向检查组介绍情况。这一回，还不如说书场，连稀松的“下回分解”都不让“且听”了。

一九八八

“狡兔三窟”小议

冯煖有句名言：“狡兔有三窟。”（见《冯煖客孟尝君》）意谓行事处世应老谋深算，唯如此方能“无纤介之祸”方能“高枕为乐”。

此“三窟”论，堪称明哲，堪足保身。然而，也正是由于有“三窟”可资凭依，兔子才永远是兔子，永远磨砺不出能搏击的爪子，永远是一听到动静就会立即逃窜的怯懦者。

一九八八

李鬼勾当

在某游览胜地的某画店里，在女售货员面前的柜台上，摆列着难以计数的待售的冒牌货——所谓齐白石的绘画作品。看来这似乎是无所谓的（可以从女售货员的坦然的神态上看得出来），但又不能不使人愤慨（如果有起码的对祖国文化责任感的话）。这假冒行径颇费心机，签名、印章样样俱全，只是拙劣用笔难免露出马脚。这勾当起至何年何月？又将止于何年何月？“吾道一以贯之”，是否会源远流长？

有稻子的地方，偏偏会长出稗子，以假乱真，鱼目混珠，与稻子抢取地盘、水分与养料。

《水浒传》中有个李鬼，像稗子一样以假充真，冒李逵名目剪径，很弄了些包裹行李，甚至李逵自己的一锭银子。

齐白石，当代绘画大师，我们民族的骄傲。可是这书画店里为了赚几个钱，竟不惜往白石老人脸上抹黑，大干其李鬼式的勾当。

话又说回来，《水浒传》里那个李鬼还自知这假冒行径不甚光彩，要趁僻静处鬼鬼祟祟地干。可这书画店却是堂堂正正，相比之下，李鬼逊色得多了。究其缘故，公家经营也。因为在有些人的心目中，凡事一沾“公”字者，似乎就连拦路打劫都是无可非议的。

当过县官的郑板桥的确有些阅历，对李鬼这号人的行径颇有戒心。在自叙其诗钞时，防患未然有言在先：“死后如有托名翻板，将平日无聊应酬之作，改窜烂入，吾必为厉鬼，以击其脑。”话是说得到家了，也够忧心忡忡的了，但他有一点没有想到，二十世纪的人是不相信鬼的，当然也就不怕“击脑”了，恫吓之词，其奈我何！

一九八八

不正经充正经与正经充不正经

远在五十年代，我曾浏览过一个书籍仓库，内中均系从各地没收的黄色书刊。我发现一个现象：有些诲淫诲盗的书，在封面上反装出一副道德学问面孔，犹如暗娼自觉不好意思、故作规规矩矩一样，不正经硬充正经。

在现今八十年代，如果去书铺里或书摊上浏览一番，则又可发现：有些其实并非黄色灰色的书刊，封面却又花里胡哨，情之不足，渲染以“色”，杀之不足，渲染以“凶”。犹如良家妇女故意搔首弄姿，正经硬充不正经（应该说这种硬充的本身已经有点儿不正经了）。

五十年代至八十年代，这种正经与不正经的相互冒充，颠了个个儿。

唐诗云：“画眉深浅入时无？”似宛为今日咏也。

一九八八

画眉深浅入时无

杜迁读《水浒》

话说杜迁多吃了几杯水酒，倒头便睡。一觉醒来已是一千九百八十九年。跳下炕，踢两趟腿，活动筋骨，迈开大步，向街上走来。

这杜迁当年在山寨里曾向萧让学过几个字。走到书摊前，见摆着一册《水浒传》，心想这是啥鸟书？且读它一读。

哪知不读则已，一读竟放不下了。一口气读到第十一回“林冲雪夜上梁山”，眼睛忽地一亮大声道：“这不是俺杜迁么！想不到俺进了《水浒传》里了。”急忙往下念了下去：“林冲道：‘凭托柴大官人面皮，径投大寨入伙。林冲虽然不才，望赐收录。当以一死向前，并无谄佞，实为平生之幸。不为银两赍发而来。乞头领照察。’王伦道：‘我这里是个小去处，如何安着得你？休怪，休怪。’”“哈哈，王伦这书呆子倒也爽快，且看下边我说些什么。”又继续念道：“杜迁道：‘山寨中那争他一个。哥哥若不收留，柴大官人知道时见怪，显得我们忘恩背义。日前多曾亏了他，今日荐个人来，便恁推却，发付他去！’”

“这话说得也是，怎能忘恩背义，怎能惹柴大官人见怪！可是话得说回来，恩义归恩义，利害归利害，虽然山寨里不争他一个，林冲这厮，本事好不了得，柴大官人也不想想，你弄他来，我往哪儿摆？其实，王伦未免担心得多了，你是头领，按时下说法是领导。就凭这‘领导’二字，他林冲再是能耐也难压得你去，可我的第二把交椅能坐多久才真就难说了。莫要说我也担心得多了，这有根有据。自从宋江那伙有

能耐的上了梁山，也像时下人评职称，排起座次来。这倒好，一下子把我给弄到第八十三号座位上了。想想看，那第二把交椅是啥成色？这第八十三把交椅是啥成色？天差地了，这亏吃得多大！施耐庵的笔头子光冲着王伦了，没有摸透我的心思。林冲入伙，莫说当头领的王伦不愿，我杜迁更是一百个不愿。人们把这说成是‘妒才’，我说这叫维护自己。对，找宋万聊聊去，看他是不是也这么想法？因为他也给弄到第八十二号的鸟座位上去了。”

一九八九

续貂篇

读振如先生《蒲松龄笔下的赌徒》（载《瞭望》1989年第21期），想及俗语“吃喝嫖赌”。嫖，目下“犹抱琵琶半遮面”，“迎风户半开”。而吃而喝，则“渔阳鼙鼓动地来”，已堪气吞山河。赌徒何独扬威，老饕更能耀武。

有蒲松龄《赌符》于前，恰李绿园《歧路灯》继之于后。录其骈文，看大吃大喝：

长截大脔，暖烘烘云蒸霞蔚而至；饕口馋舌，雄赳赳排山倒海而来。腮能裹而唇能收，果然一入鲜出；齿善断而牙善挫，端的有脆无坚。箸本无知，也会既得陇而更望蜀；匙亦善狡，偏能近舍魏而远交齐。磕碗撞盘，几上奏敲金戛玉之韵；淋汤漓汁，桌头写秦籀汉篆之形。羊脾牛肝，只觉得充肠盈胃；鸡骨鱼刺，那管他戟喉穿龈。眨眼时仰盂空排，画成下震上震之卦；转瞬间虚碗鳞次，绘出鲁鼓薛鼓之文。

写成白话，大意如是：

“大片大块的肉冒着蒸腾热气闪着光彩簇拥了过来，流着涎水的大口精神抖擞声威浩壮地迎了上去。腮帮嘴唇，连裹带吸，只要一进来，就休想再出得去。门牙嚼牙又磨又挫，任你再硬再坚也得乖乖地碎脆松软。本是无知的筷子，也有了性灵，懂得要‘得陇望蜀’，刚夹着这里，却马上又想着那里。小勺更是狡猾，仿着秦灭六国的‘远交近攻’，绕过近处，专去结交远处。碗碰盘，盘撞碗，叮叮当当，赛似一曲打击乐。汤也泼，汁也洒，纵横流淌，像写了满桌子古代篆文。只觉得牛羊杂碎填满了肚皮塞满了胃，哪管它鸡骨鱼刺扎破嗓子扎破牙龈。一眨眼工夫，消灭得干净彻底。空盘摞着空盘，好像是两个上下排列着的震卦‘☳’的图形；圆的方的碗碟，挤挤压压，仿佛古代‘投壶’的大鼓小鼓的符号。”

这是一场好吃，不，是一场好战。其奋猛更强似三军陷阵。只是笔拙，没有仿出其神似来。即此也稍可看出与赌徒足以各领风骚了。

附带说明一点的是，老饕之于赌徒还有其优越处：赌场上的赌徒，有输有赢，碰上走了背字只输不赢，最后掏光腰包，落得卖孩子卖田，甚至输掉裤子。而酒筵上的饕公，则只赢不输，甚或愈输愈赢的。比如划拳输了，反要多喝多吃，更赚得脑满肠肥。反正有公家腰包给垫着底的。

一九八九

题《新官上任图》

画《新官上任图》，苦无词以题。适读《宋稗类钞》，见陈伯敷《题杨妃上马娇图》云：“此索《清平调》词、赴沉香亭时耶，抑闻渔阳鼙鼓声赴马嵬坡时耶？上马固相似，情状大不同。观者当审诸。”不妨依样葫芦云：“此兢兢业业一心为公、为人颂扬者耶，抑贪赃枉法损公肥私、为人骂娘者耶？同是一‘官’字，情状大不同。观者当审诸。”

一九八九

由斋号想及

有人嘱题书斋，名号宜雅。我想世上哪有如许多雅，于是拟了“半俗斋”三字交差。意谓那一半是雅的，有半雅也就很可以了。

记得以前送过朋友一副对联：“琴棋书画堪登大雅，柴米油盐未能免俗。”也作如是想的。生活中事总是雅雅俗俗、雅俗参半。

提到雅、俗，《聊斋志异》中有个故事，恰好讲了一雅一俗：沂水一秀才，“课业山中。夜有二美人入，含笑不语”，一美人“以白绫巾展几上，上有草书三四行”，一美人“置白金一铤，可三四两许，秀才掇纳袖中。美人取巾，握手笑出，曰：‘俗不可耐！’秀才扪金，则乌有矣”。书中谓秀才“丽人在坐，投以芳泽，置不顾；而金是取，是乞儿相也”，而“狐子可儿，雅态可想”。

粗读之下，这位沂水秀才的确令人忍俊不禁。但细想来，这“课业”也就是教书，且在山中课业，又是穷教书的，其拮据可想。“草书三四行”，顶不了饭吃，倒是“白金”能救急的，既要吃饭，不能

不作这类世俗的抉择。这秀才虽是读书人，却没有读书人的忸怩作态，俗得坦率，而且颇为知足。假如这秀才不知足起来，“白金”“美人”全要呢？恐与“雅”也沾不了边，要成了财迷鬼加色鬼了。

而狐子（二美人）“雅态可想”。“想”不出“雅”在什么地方。莫非是“草书三四行”？想来这“狐子”也是穷“狐子”。否则，她们何必用空头支票捉弄这秀才？这不仅是恶作剧，且以“白金”投人所好，不正恰以表明己之所好？这“雅”里也就露出了“俗”。

《镜花缘》里有个淑士国，是通国斯文、通国皆雅的。然而一位

“身穿儒服，面戴眼镜”的驼背老者，当酒保误将好酒当成次酒卖出时，向林之洋连连摇手道：“吾兄既已饮矣，岂可言乎？”“他今错之，必无心之。先生得之，乐何如之！”满口之乎者也，却脱不掉一个“贪”字。因总要食人间烟火，不能不打柴米油盐算盘的。

但也有真“雅”得像回事儿的。《宋稗类钞》载：“有数贵人遇休沐、携歌舞燕僧舍者。酒酣，诵前人诗：‘因过竹院闻僧话，偷得浮生半日闲。’僧闻而笑之。贵人问师何笑，僧曰：‘尊官得半日闲，老僧却忙了三日。谓：一日供帐，一日燕集，一日扫除也。’”这数贵人的半日雅集，是要由老僧的三日俗差给垫着底儿的。

李后主词曰：“剪不断，理还乱。”雅和俗的纠缠就很有点这种劲头。又有语曰：“附庸风雅。”似乎“风雅”是被附庸者，是能挺起腰杆的。其实这“风雅”倒往往是附庸在“俗”上的。也因此，“雅”在“俗”前，总要败北。名句“满城风雨近重阳”的作者潘大临，不就是一声“催租”将诗的雅兴给败了。又“晋时竹林之游，王戎后至，阮籍曰：‘俗物已，复来败人意。’戎答曰：‘卿辈意亦复易败耶？’”（《巢林笔谈》）只一句反问，就被“俗物”将“雅”给逼到了绝路上。

“雅”与“俗”，孰优孰劣，实在也是难说得很。

一九八九

感慨古今同

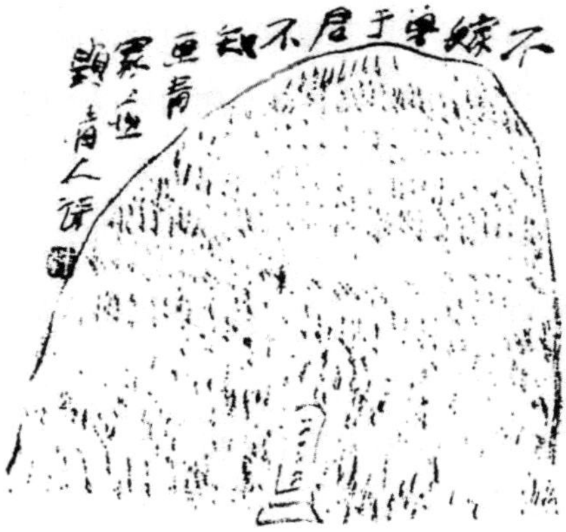

清人诗：“不嫁单于君不知。”是咏王昭君的。当嫁了单于之后，这位昭君的美才为那位汉元帝的君所知。于此又想到，不是有的人不是“嫁了”而是死了之后，才忽然被发现他或她在活着时原来是通身都在闪射着光辉的么。这是幸，是不幸？是幸中之不幸，抑不幸中之幸？

一九八九

卧　榻

由于读过李后主几句词的缘故，北昆《南唐遗事》在电视屏幕上播放过两次，我也看了两次。作为亡国之君，李后主是颇为博得人们同情的，这当然与他的“一字一珠”的“神秀”之词不无关系。在观赏该剧时，几次想起宋太祖的话，即他对徐铉说的“江南亦有何罪？但天下一家，卧榻之侧，岂容他人鼾睡乎”。南唐之亡，实因宋太祖这句名言。直话直说，倒也爽快。

有趣的是，最近翻阅《宋稗类钞》，发现了这么一段：

> 绍兴和议成，显仁太后将还。钦宗挽其裾曰：“寄语九哥，吾南归但为太乙宫主足矣，他无望于九哥也。”后与誓曰：“吾先归，苟不来迎，瞽吾目。”既归，所见大异，不敢言。

又是“卧榻之侧，岂容他人鼾睡”，可谓是真正祖传。祖针对的是外姓人；孙（高宗）针对的是同姓人，且是手足。祖有话明说；孙则不知搞了什么小动作，致使显仁太后“不敢言”。在爽快上孙逊于祖，但也正由于这么一“逊”，更显出了孙的青出于蓝。

一九八九

垃圾新闻

邻居老李悄悄告诉我："前天出了个稀罕新闻。"我问："什么稀罕新闻？"他说："干疗所大门口旁边不是有一排垃圾箱么，你猜怎么的？垃圾箱里有两条大鲤鱼。一个老工人看见了要捡起来。他老伴儿说：八成是坏了的，捡它干什么！老工人摁了摁，冰凉梆硬，是冻着的。你想，大冬天冻着的鱼怎会坏！老工人捡起来提回家去了。一开膛，你猜怎么的？鱼肚子里有个塑料卷。真神了！打开塑料卷，你再猜猜怎么的？嘿！一百元一张的人民币有十几张。好家伙！这老工人算是碰上天上掉元宝了。可是我纳闷，鱼肚子里怎来的人民币？鱼肚子里有宝剑倒是有过，戏台上唱的《鱼肠剑》不就是？可那是专诸为了刺王僚给塞进鱼肚子里去的。我想，这人民币八成也是塞进去的。可为什么把人民币塞到鱼肚子里？鱼又为什么会跑到垃圾箱里？真是无奇不有。老韩，你说这到底是咋回事？"

我听了，也一头雾水，把老李说的一五一十记录下来，只不知像这类垃圾新闻报刊给不给发表。如给发表，一则可让大伙儿都看看稀罕，再则也可得几元稿费，一石两鸟。

可是这新闻又是糊涂新闻，只好请读者诸公帮忙琢磨琢磨了。

譬如：如果说这鱼是因粗心丢失的。垃圾箱有三尺多高，鱼不掉在路上，却偏偏掉在三尺高处，道理上说不过去。如果说是有意丢弃的。可是“鱼，我所欲也”，谁愿意把“所欲也”给丢到垃圾箱里？这道理之说不过去连傻子也明白。再说还要塞上千多元的人民币。正像老李问的，为什么把人民币塞到鱼肚子里？如此这般，到底是怎么回事？

再譬如：那位老工人如果把鱼和人民币交到失物招领处，是否会有人去认领？如谓不会有人去认领，为什么？如谓有人去认领，可能是什么样的人？是士，是农，是工，是商，是民，是官……

一九八九

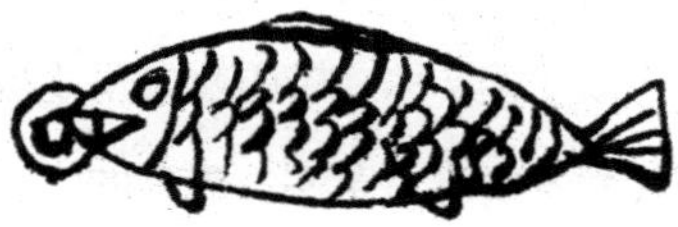

强者弱者

俗谓“大鱼吃小鱼，小鱼吃虾米”。这介于大鱼和虾米之间的小鱼，是弱者又是强者。

俗谓“螳螂捕蝉，黄雀在后”。这介于蝉与黄雀之间的螳螂，是强者又是弱者。而黄雀之后有持弓者，则黄雀又非强者了。

看来世上无绝对的强者和弱者。此时此地的强者和弱者可为彼时彼地的弱者和强者。

《中山狼传》中的中山狼，始而觳觫乞怜，继而凶相毕露，就是因为它在赵简子一伙人前是弱者，在东郭先生前是强者之故。谓中山狼是讽喻忘恩负义者，固然。然其还在于喻强、弱二重性之集于一身。

人们同情弱者，誉以“善”称，却往往失察于弱者有时也能作恶。

为了这，东方的东郭先生吃过苦头，西方的堂吉诃德也吃过苦头。

一九八九

东郭先生辩理图

读《穷鬼传》

鬼之为物，可怖复可厌也。将“穷”呼之为“鬼”，是“穷”亦可怖复可厌也。有语曰：“两手怒搏，无术送穷。”挥拳相对，如打过街之鼠。于此可见，穷鬼人人厌之，人人弃之，人人驱之。

读戴名世《穷鬼传》，哑然失笑。此先生别具慧眼，看出另一个道道：原来这穷鬼竟然也择人而处，要求甚严，毫不含糊。请看：韩愈有《送穷文》，欲送穷而不能。但穷鬼自“愈死，无所归，流落人间，求人如韩愈者从之，不得。阅九百余年……”九百年间竟无一可入穷鬼目者。这穷鬼也着实牛气得很，竟忘了自己惹厌的鬼脸，煞是好笑。

然而细想，却又恍然大悟：原来世上那些蝇营狗苟者所以财运亨通，是因为穷鬼耻于为伍、远远避之之故。不义而致富者，穷鬼都不屑一顾，当又成何样人耶？

戴名世不愧“负不羁之才”，可谓善知鬼者。

一九八九

韩愈氏迄今不朽者皆余之力也

姑妄读之　姑妄想之

我翻看到一张《文艺报》。报载：某学院年轻讲师花费多年心血，撰写了一本学术著作《美的网络》。据说，他先后送给几家出版社，编辑无不认为这是一本观点新颖、学术价值较高的著述。但说到出版，由于学术著作销路不好，出版社则要他自己或出资，或认购，价钱也一涨再涨。某讲师为了让自己的著作能出版，只好采用募捐的方式，他选定星期日，在胸前悬挂一块募捐的牌子，到大街上募捐。

读后黯然慨然。作家的精神劳动成果——作品，有人曾比喻为作家生育的孩子，这很贴切。但是，一个婴儿的出生，怀胎孕育仅需十个月；作家的精神“婴儿”的孕育远非十个月，甚或十数年至数十年。而且这作家的“孩子”并非仅仅属于作家自己，而是属于人民。《文艺报》这则消息使人看到：这“孩子”虽然生了出来，却没法养活，作者自己无能为力，出版社也爱莫能助，只好靠募捐了。这是说得好听，说得不好听些，就是乞讨。可是，如果募捐不成呢，下一步只好弃婴了。

恰好我又翻看到一张《中国青年报》。该报载：武汉一餐馆的易拉罐饮料，一年中有四十九万罐是被公款购去的，价值近百万元。

这两份报纸消息有个相同处，就是都牵连上了姓“公”的。出版社无疑地姓“公”。购买易拉罐饮料的近百万元也明明白白地写着姓“公”。我想：本是一家姓，不能通融通融？如果从《中国青年报》上的购买易拉罐饮料的近百万元公款中拔根毫毛，通融到《文艺报》上的公家出版社里，救活这个“孩子”，不是功德无量么？当然，这只是一厢情愿的“姑妄言之”，那购买易拉罐饮料的近百万公款未必“姑妄听之”。

一九八九

“儿童不宜”

“儿童不宜”出现在录像投影场所售票窗口。于是，一些人趋之若鹜，在窗口你拥我挤起来。

售票员心里一清二楚，录像里其实并没有什么“不宜”，请出这四个字来为的是多卖几张票。

为此花钱买票的人，从屏幕上没有看到想要的“不宜”，觉着上了当，于是悻悻然。

又换了录像，又是“儿童不宜”。这回看不看？还是看。于是又趋之若鹜，于是又悻悻然。

到底“不宜”的是什么？卖票的不说，买票的不问，可心里都明白那“不宜”是什么。卖票的、买票的都围着这“儿童不宜”兜开了圈子，却也兜出了彼此的心态。（文后，再补充句题外话。据说，要是真的放映“儿童不宜”的录像，恐怕倒不见得要打出“儿童不宜”的招牌了。果真如此，不是不打自招了么？）

一九八九

稗史拾趣

《宋稗类钞》："王文康公曙苦淋，百疗不瘥。洎为枢密副使，疾顿除。及罢，而疾复作。"

就这则纪事看，"官"如大烟土，亦能致人以瘾。劲头之大，亦不下于烟。不同的是，烟瘾犯了是折腾上边，弄得眼泪鼻涕一齐流；官瘾犯了是折腾下边，专冲着生殖器去。

酒瘾、烟瘾、赌瘾、官瘾……作为瘾字辈排在一起，似乎有点对"官"字不敬。然而，有酒瘾者呼之为酒鬼，有烟瘾者呼之为烟鬼，未闻有官瘾呼之为官鬼者，这又是"官"字之不同于众庶了。

仍是《宋稗类钞》："大宋居政府，上元夜在书院内读《周易》，闻小宋点华灯，拥歌妓醉饮。翌日谕所亲，令诮让云：'相公寄语学士，闻昨夜烧灯夜宴，穷极奢侈。不知记得某年上元，同在某州州学内吃齑煮饭时否？'学士笑曰：'却须寄语相公，不知某年同某处吃齑煮饭是为甚底？'"

大宋，即宋庠；小宋即其弟宋祁，也就是那位“红杏枝头春意闹”尚书。这小宋学士的“是为甚底”，虽是问话，实系答语。“甚底”即是官瘾，“为甚底”即是为了过官瘾。“烧灯夜宴”得浑身舒坦，能不瘾乎！

有酒瘾者，有烟瘾者，有赌瘾者，对“瘾”字倒也不甚避忌，唯独有官瘾者遮遮掩掩。《一瓢诗话》有诗云：“相逢尽道休官去。”就状述了这种遮掩心态。

不仅有诗，且有例：

> 王荆公乞罢机政，待命几两月，神宗未许。呼看命老僧化成至，作一课，更为看命。化成曰：“三十年前与相公看命，

今仕至宰相矣，更复何问？”公微作色曰：“安石问命，不在做官，但力求去，上未许。只看旦夕便去得否。”化成曰：“相公得意浓时正好休。要去在相公，不在上。不疑何卜？”

王荆公“作色”得好玩，老僧爽快得有趣，一问一答间，那个遮掩着的“瘾”字也就露出来了。

一九八九

“良人”与常时节

“齐人有一妻一妾而处室者，其良人出，则必餍酒肉而后反。其妻问所与饮食者，则尽富贵也。其妻告其妾曰：‘良人出，则必餍酒肉而后反，问其与饮食者，尽富贵也。而未尝有显者来。吾将瞯良人之所之也。’早起，施从良人之所之。遍国中无与立谈者。卒之东郭墦间，之祭者，乞其余，不足，又顾而之他，此其为餍足之道也。其妻归告其妾曰：‘良人者，所仰望而终身也，今若此！’与其妾讪其良人，而相泣于中庭。而良人未之知也，施施从外来，骄其妻妾。”

这是《孟子》中的一个人物，这妻、妾的“良人”，不但“遍国中无与立谈者”，且将乞讨谎说成“与饮食者，尽富贵也”。用时下话说，就是参加宴会去了。对他这行径，也用时下话说，就是不要脸。然而他又要脸得很，要劲之大，竟至“骄”起“其妻妾”来。

这个“良人”，代有传人。千数百年后，又在《金瓶梅》一书中出现了，这就是“得钞傲妻儿”的常时节。这个常时节，青出于蓝，比“良人”更不要脸。他是西门庆的最下等的帮闲，是地地道道的哈巴狗。靠了头等帮闲应伯爵的帮腔，向西门庆借到了些零碎银子，于是神气起来，回到家里，向他老婆使尽了骄劲。

“良人”也好，常时节也好，在他们身上有个共同处：就是对于脸面时而要时而不要，既要又不要。譬如“良人”，如果没有将脸皮撕下来的勇气，怎能把乞讨谎说成“与饮食者，尽富贵也”，还居然做出“施施从外来”的喜悦之状。再如常时节，如顾及一点儿脸面，也不会如此摇尾乞怜。然而正是这不要脸的行径，才成了他们露脸的本钱，大傲特傲起其妻儿来。看来，对他们来说，不要脸就是要脸，为了要脸才不要脸，要脸和不要脸在他们身上是“合二而一”。正像鲁迅说的，“要面子”和“不要脸”实在也可以有很难分辨的时候。

这种“很难分辨”，就以时下热门话题“走后门”来看，亦可窥其端倪。将“走后门”划在不要脸圈内，应说是不太冤枉的。可是“走后门”者走通之后，却看成是有面子，自感露脸；而给人开后门者，则是给人以面子。本是不要脸的，却处处着眼于脸与面，不要脸和要脸给搅和得难分彼此了，在这里不是又看到了“良人”和常时节的嘴脸?

看来，这两个书本上的人物，有时不甘寂寞，还会混迹人间，到各处显形的。

一九八九

串　味

这几年间文学和企业热乎了起来，这无可厚非，或许是好事。然而其间也有热乎得过了分的，以至热得串了味。比如人家赞助了一笔钱，“投我以桃”来了，总要“报之以李”吧，否则怎能显出这热劲来。报什么？文人的本行是摇笔杆。既然人家对我“千金散尽还复来”，我难道不能“到处逢人说项斯”？写传记，弄纪实文学，为厂家和商品说说好话扬扬名。可是又要费心思了：扬名扬到什么份儿上？还需要掂量掂量“桃”的轻重。因为“投桃报李”总要彼此相称才行。殊不知这么一掂量也就掂量出了价码，弄成等价交换了。一回生，二回熟，热乎了这家又热乎那家，一来二去，变被动为主动，为求“投我以桃”，先“报之以李”起来。

本来士农工商，畛域分明，这一来串了味了。商品进入了纪实文学，有了文气；文学掺杂了“价码”，有了商气，你有点像我，我有点像你了。

明人冯梦龙辑《挂枝儿》，倒颇能应应这个景了。

泥人儿，好一似咱两个，捻一个你，塑一个我，（看）两下里如何。将他来揉和了重新做，重捻一个你，重塑一个我，我身上有你也，你身上有了我。

一九八九

想及贾桂

“阎王好见，小鬼难缠”，不知是哪一位到阴司里作此结语的。这结语似不确。试以人间事猜度，小鬼的“难缠”，实为阎王官威的延伸。如是小鬼的小鬼，当再也“难缠”不起来的。戏台上《法门寺》里的贾桂，所以趾高气扬，百分之九十九是由于势焰熏天的主子刘瑾的缘故。话再说回来，既然小鬼难缠，“好见”的阎王又为何不将其打发开去？

一九八九

“其实全是别人的”

小仓山，那一片土山，在我看来真是毫不足道，不过袁子才却说得它天花乱坠，如何的了不得。他的措词，真是妙得很。他说:“凡称金陵之胜者，南曰雨花台，西南曰莫愁湖，北曰钟山，东曰冶城，东北曰孝陵，曰鸡鸣寺。登小仓山，诸景隆然上浮，凡江湖之大，云雨之变，非山之所有者，皆山之所有也。”（《随园记》）

说来有如许好处，其实全是别人的。

上面是摘抄的黄裳《金陵五记》中的一段。

袁枚所说的这些，也就是园林中所谓的“借景”。借园外之景，使之与园内相呼应，似乎一体，为之增色，于是乎“非山之所有者，皆山之所有也”。袁枚对此说得很写意，而黄裳先生也善谑，一语戳穿了：“其实全是别人的。”

伴随着文学上的“寻根”热，另一种“寻根”也凑起了热闹。近年间不止一次地听到过“某某是某某的后人”诸如此类之说。后面的那个某某，大多为古代且均系见之于经传之大名鼎鼎者。“某某后人”一语之所以“听说过”或偶见诸报刊，当然是出于前者那个“某某”的“寻根”而有意透露之宣扬之的，因为谁有闲工夫查家谱弄清别人底细去。可是一旦这两个“某某”连在一起，忽然似乎前面那个“某某”的分量重了起来。这颇有点园林中的“借景”味道，就像袁夫子站在小仓山上看钟山看莫愁湖一样，“非山之所有者，皆山之所有也”。弄得小仓山一下子成了大仓山。

借祖宗自我标榜者，古亦有之的。《宋稗类钞》中就有此类记载：“有故相远派在姑苏，尝嬉游书寺壁曰：‘大丞相再从侄某尝游。’”这一来似乎自己也俨然大丞相或庶几乎大丞相了。

也有还没弄清底细而就急于“借”了：

“林可山称和靖七世孙，不知和靖不娶，已见梅圣俞序中。姜石帚嘲之曰：‘和靖当年不娶妻，因何七世有孙儿？若非鹤种并龙种，定是瓜皮搭李皮。’”结果只借得了瓜皮李皮。

说穿了，无论是真的“大丞相再从侄”，或是假冒的“和靖七世孙”，纵然祖宗“如何的了不得”，无非是钟山、莫愁湖之于小仓山“其实全是别人的”。

一九八九

“必也正名乎”

洋味的“汽车”，呼为土味的“轿车”，不知为时下哪位圣人所“正名”。似乎不伦不类，仔细一想，却又满在理儿。

轿，有花轿、小轿、官轿、绿呢大轿……除了平民百姓男婚女嫁时一辈子就坐一回的花轿，小轿、官轿、绿呢大轿则纯属于缙绅先生太太、县官，司、院老爷。“对号入座”，丝毫含糊不得。

轿车，有“皇冠”“奔驰”，还有这个那个，名目繁多。是否也像小轿之于缙绅，官轿、绿呢大轿之于县官，司、院老爷？不妨试听一首民谣：“地区干部两头平（面包车），县里干部帆布篷（吉普车），乡里干部一三零，村里干部嘭嘭嘭（拖拉机）。”由此可想当然推想及于“皇冠”“奔驰”。

轿，由人抬着蜗步而行，轿车则是四个轱辘风驰电掣。轿子由人的腿脚变为轱辘，用时下话说：优化组合。

一九八九

轿与轿车

对镜谈天

将自我省察说成照镜子，是比喻。任何北喻仅仅是比喻而不能继续想开去。能从镜子照出污垢（缺点），及时擦去，固好；如果照出优点呢？比如有位高夫人一照镜子，“乍见不知谁觌面，细看真觉我怜卿”。弄得“自家怜未了，临去复徘徊”起来，又似乎还是不如不照镜子的好。

有趣的是《巢林笔谈》：“蔡林屋善易，自号易洞。尝置大镜南面，遇其著书得意，辄整衣冠向镜拜，誉其影曰：‘易洞先生，尔言何妙！吾今拜先生矣。’”这是地地道道的自我崇拜，却也坦率得好玩，近乎痴。再则大不过是自己费些折腰之力拜自己，总比扭捏作态强要人拜的好得多。

《池北偶谈》：王季木“常引镜自照，曰：‘此人不为名士，必当作贼。’”快人快语，有毁有誉。其实也是说对了，因为名士与贼之间并没有隔着不可逾越的鸿沟，就像官与商没有隔着不可逾越的鸿沟一样。

毛西河《咏镜》诗："与余同下泪，惟有镜中人。"不仅"同下泪"，即泪珠滴数亦不差减些许，与人同病相怜，莫过于镜。

还有一类趣人，不揽镜自照，却"倚床爱就肱边枕，揽镜贪看背后山"。真亏他想得出这么一招来，想来镜中背后之山，当别具情致。然而却使人想起了《三国演义》。那位董丞相卧着卧着忽一仰面，从镜中看到的不是"背后山"，却是曹操手中的明晃晃的钢刀。好险！假如没有这面镜子，以后也就大闹不成凤仪亭了，《三国演义》也就少了几章热闹回目。

《红楼梦》中，刘老老吃醉了酒，撞到怡红院里，"刚从屏后得了一个门，只见一个老婆子也从外面迎着进来。刘老老咤异，心中恍惚，莫非是他亲家母，因问道：'你也来了……'"，"刘老老便伸手去羞他的脸，他也拿手来挡，两个对闹着，刘老老一下子却摸着了，但觉那老婆子的脸冰凉挺硬的，倒把刘老老吓了一跳。"这镜子寻开心，欺侮起乡巴佬来了。

《红楼梦》里另有一面怪镜子，叫"风月宝鉴"。一反一正。虽然跛脚道人反复叮嘱千万不要照正面，可是贾瑞舍不下镜中招手的凤姐儿，照来照去，终于把命给照进去了。按说应该死到临头方知悔了，岂料当小鬼的铁锁已套上了脖子，贾瑞仍叫"让我拿了镜子再走"。这一声叫令人好笑，也令人心惊。仔细想想，世上人和事，与此执迷不悟相类者，又何止贾瑞一人?

镜子祖宗是铜镜，有诗咏古镜云：“六宫曾识旧人多。”“阅世兴亡疑有眼。”是真真确确阅历过千古兴亡的。

俞鹤龄咏镜诗：“白发朱颜管一生。”袁枚夸赞这句诗妙在一“管”字。说到“管”字，镜子不单单管朱颜白发，还要管得多，比如管传递小道消息。有《聊斋志异》为证：

二郑妇“望夫綦切，是岁大比，窃于除夜以镜听卜”。出听人言：“汝也凉凉去！”后二郑忽报大捷。时二郑妇正在厨下“炊饭饷耕者，其热正苦”。“妇力掷饼杖而起，曰：‘侬也凉凉去！’此时中情所激，不觉出之于口，既而思之，始知镜听之验也。”

这是姑妄言之，姑妄听之，不足为信。但其夫贵妻荣、望夫成龙之迫切快意心理为镜子烛照无遗。

还有一种哈哈镜，专事歪曲，唯一用途是供打哈哈。

一九八九

“人尽可夫”的林黛玉

林姑娘自来到贾府到“魂归离恨天”，是短短的悲剧的一生。

任何一部艺术作品中的人物都没有过像林黛玉的厄运，即伴随着她的短短一生的悲剧，还有着一个长长的悲剧。

这悲剧就是嫁了又嫁。

始由王梦阮先生将她嫁给了顺治皇帝，即所谓林黛玉影董小宛论。

又由钱静方先生将她嫁给了纳兰性德，即所谓证以《饮水词钞》林黛玉影纳兰性德原配夫人论。

更荒诞不经的是有一本名《红楼梦抉微》的书竟将她嫁给了西门庆，即宝、黛二人影《金瓶梅》中西门庆潘金莲论。

林黛玉成了“人尽可夫”了。

这虽是陈年谷子芝麻事了，然而不是有“推陈出新”一说么，有一本名《红楼解梦》的书，将这“陈”推出了“新”花样：居然又将林黛玉嫁给了雍正，即所谓林黛玉影竺香玉论。由祖母辈成了孙媳辈，林黛玉不只“人尽可夫”，而且乱伦了。

不知林黛玉今后还会再嫁给谁？悲夫！

一九八九

看 “坐”

去饭店里吃饭，恰好客满，只好站在桌旁等候，使我想起“候补”二字。从前有候补知县，现在是候补吃饭，没想到在“候补”上与县太爷拉平了。但心情不一样，候补的知县，像等待上花轿的大姑娘，心里美滋滋的。可这候补吃饭，却是“别是一般滋味在心头”。我看了看对面的几位候补者，其眼神是：看桌面上的饭菜不是，看天花板不是，看远不是，看近也不是，不知看什么地方才好。我觉着他们像镜子一样也照出了我自己。是什么滋味？是不好意思，是自感多余。本来比那些坐着吃饭的人高出两头，然而却觉着比他们矮了一截。我自问，自己钱袋满满的，又不是讨乞，何以有此卑感？等别人吃完了饭，我坐下来。没想到这一坐，那些“别是”的“滋味”倏地荡然无影了。这“坐”，如此之神！又没想到此时此地的“候补”，竟使我对这个“坐”字重新认识重新估价了。我说“重新”，是因为读书之始，从启蒙课本的“人、手、口，坐、立、走”的第一页上就结识了，和它混了大半辈子，却一直小瞧了它。

人们常说，人活着离不开“吃喝拉撒睡”。这虽为人生理之需，看来还是不行的。就拿我这次“候补”来说，虽是稍候一下，“吃”是总不成问题了，可是却“别是一般滋味”。因为缺少了一个“坐”字。我特意翻了翻《辞源》，其对“坐”字解释为“以臀着物，人所以息其躯体也”。也是属于生理性的。可是这个“坐”的生理性里颇多着些讲究。鲁迅先生在这点上看得很清楚。他写孔乙己时这样说：“孔乙己是站着喝酒而穿长衫的唯一的人。”而别的穿长衫的，则是“踱进店面隔壁的房子里，要酒要菜，慢慢地坐喝”。同是喝酒，同是穿长衫，就因这一“坐”一“站”，弄得拉开了距离，分量不一样了。看来这“坐”字的“以臀着物”，不仅只是“息其躯体”的。

于是也就明白了为什么人们说话往往总要带上一个“坐”字了。比如“平起平坐”。为何不说“平起平吃”“平起平喝”“平起平拉”“平起平撒”“平起平睡”？看来只有“以臀着物”于同一水平线上，才能足以显示出两者身份之相等。

迎客的习惯语，第一句总要说声“请坐”。也就是说要给对方以面子，尊重对方的身份，首先需要的就是解决对方的“以臀着物”的问题。

戏台上不也常常有“赐坐”“谢坐”的说道。有趣的是，竟连盗御马的窦尔敦也唱起了“河间府，为寨主，坐地分赃”。强盗也深知“坐”字的分量，因而大模大样地坐着，让没有坐的资格的喽啰呼哨呐喊铤而走险去。九五之尊的皇上不也这样唱：“老王爷，坐江山，风调雨顺。”这“坐”字固然含有镇、守、治理之意，但是不“以臀着物，息其躯体”站着去治理，能长治久安么？这“坐”字关联着皇帝老儿的江山社稷的。

就是超然的佛、老，也脱不出这个“坐”字。佛家跏趺而终的“坐化”，《庄子》的“离形去知，同于大通”的“坐忘”，如果不“以臀着物，息其躯体”，恐也就“化”不了“忘”不了、难以达其成佛悟道有别于凡夫俗子了。

“坐观成败”“坐享其成”“坐收渔利”“坐而论道”等等“坐”字，是“以臀着物”得大有文章的。

幼儿园里的小朋友有句歌谣，叫作“排排坐，吃果果”。从而想起了《水浒传》里的第七十一回“梁山泊英雄排座次”。梁山好汉很有点儿像幼儿园的小朋友。小朋友同分一样的果子吃，梁山好汉也是一同喝酒，一同吃肉。然而又似乎不同，虽然都有个“排”字，小朋友是“排排”得彼此相等的，而梁山好汉却是排成一百零八号等次。坐在第一号座位上的宋江，不言而喻，比坐在第一百零八号座位上的郁保四要神气得多。这固然可以说，显要人物的宋江要坐在显要的座位上，但又何尝不也可以说，因是坐在了显要座位上从而才显出了坐者的显要。比如，历代的不止一个的年仅数岁的小皇帝，不就是因为坐在了龙椅上才被人拥着高呼万岁？

颜真卿老夫子大概也悟出了这“坐”字之道，不写颜体楷书，写起《争座位帖》来了。

纵使将来到了人人平等的大同世界，对这世界如果给以概述，恐怕还是离不了带有“坐”字的四字：平起平坐。

这次“候补”，除了满足于“吃”，从此，却要对“坐”字刮目相待了。

一九八九

相对蒲团睡味长

这个标题是借用放翁的诗句，因为它指的不是黑夜的睡，是白天的睡，即所谓“昼寝”或午睡的。而且还道出这种“睡”有“味”，“味”而且“长”。

难怪吾国人黑夜睡了，白天还要睡；难怪还有说词：“春困秋乏夏打盹，睡不醒的冬三月。”难怪我们有“东方睡狮”之誉。

虽然古人有诗，“无事此静卧，卧起日将午。若活七十年，只算三十五。”大概这位古人说归说，睡还是要睡的。

午睡，也应算我们的传统与国粹了。起于何年何代，不得确考。宰予昼寝，给孔老夫子骂了一顿，似乎那时午睡还没有约定俗成。可仍是这个“宰予昼寝”，被后来人解释为：“宰者，杀也。予者，我也。就是杀了我也得白天睡觉。”这是笑话，但也说明已经睡出味来了。

诸葛亮昼寝，刘皇叔三顾茅庐，立了一个时辰又一个时辰，他方始醒来吟道：“草堂春睡足，窗外日迟迟。”这可以理解，因为那时他在茅庐里没事干。后来唱《空城计》时就没了午睡的工夫。否则，也就不能“我正在城楼观山景”了。

再看《宋稗类钞》：“南轩言：符离之役，诸军皆溃，惟存帐下千人。某终夕彷徨，而先君方熟寝，鼻息如雷。”张浚较之诸葛亮睡瘾大得多。

“十年一觉扬州梦”的杜牧有睡癖。夏侯隐号“睡仙”。大政治改革家王安石也嗜睡，夏天常用方枕，人问缘故，他说：“睡久气蒸枕热，则转一方冷处。”

睡得最出类拔萃的是《点石斋画宝》所记载的：

> 闽人有林姓者，生长新加坡，耽于曲蘖，每醉必酣眠数日。一日有同乡胡某造庐而请曰：“闻子善眠，仆亦喜卧，盍藉黄粱一枕同入黑甜乡，以博胜负可乎？”林问如何博法，胡曰：“各设一榻于此，同时入睡，以三昼夜为度，迟起者胜，得彩银五十元。但无人见证，设有如蚕眠之三起三伏者，其谁知之，请各约亲友数人来，坐视其侧。”林曰：“诺。”于是痛饮醇醪，以作背城一战。而胡则但将槟榔一粒细细咀嚼。既而各就榻寝，不移时，鼻声齐起。至第二日晚，各从蒙眬中起溺一次后，仍睡如前。直至第四日清晨，林即起身呼饭。而胡则于下午二点余钟始呵欠而起，一似睡犹未足者。

北京香山有卧佛寺，一佛酣然而卧。佛来到中国也受了传染，成了睡佛。这大概如晏子所说的“橘生淮南则为橘，生于淮北则为枳”了。

睡味谓何？从我们祖先诗中可窥一斑。“读书已觉眉棱重，就枕方欣骨节和。睡起不知天早晚，西窗斜日已无多。”“纸屏瓦枕竹方床，手倦抛书午梦长。睡起莞然成独笑，数声渔笛在沧浪。”味在“骨节和”与悠然闻笛声中。

而另一诗：“花竹幽窗午梦长，此中与世暂相忘。华山处士如容见，不觅仙方觅睡方。”“与世暂相忘”未必见得，“睡方”却是有的。《宋稗类钞》载：“蔡季通有睡诀，‘睡侧而屈，觉正而伸，早晚以时，先睡心，后睡眼。’”，“平旦粥后就枕，粥在腹中，暖而宜睡，天下第一乐也。”

说“与世暂相忘”未必见得，有“黄粱梦”“南柯梦”为证，在鼾声中，实则是到梦里“觅封侯”去了。这虽虚幻，却能过瘾。因为公与侯的显荣比起“骨节和”来更有味得多。故《题邯郸庙》诗有云：“四十年中公与侯，虽然是梦也风流。我今落魄邯郸道，要替先生借枕头。”有趣的是高念东的《过邯郸》诗：“愿作卢生不愿寤，饱食黄粱追梦去。”更奋勇得多。难怪“卧榻之侧岂容他人鼾睡”了。

“日长睡起无情思，闲看儿童捉柳花。”空暇时间这么多，不睡，做什么去呢？况且此中有味。

一九八九

杨宗保

常看戏的人大概都认识杨宗保。此人是杨延昭的儿子，穆桂英的丈夫。虽然本事不大，却福大命大造化大。

在《辕门斩子》一戏里他是挨斩的对象，是他的正当着元帅的爸爸杨延昭因他违犯军法要杀他的。正在开刀问斩的节骨眼上，没有当元帅的穆桂英来了，一说情，给解救了。

在《破洪州》一戏里他又是挨斩的对象。这一回是他的当元帅的妻子穆桂英因他违犯军法要杀他的。

也是正在开刀问斩的节骨眼上，他的已经不当元帅的爸爸杨延昭致书求情了，当然翁情难却，于是又给解救了。

当元帅的爸爸要杀他时，不当元帅的妻子说情解救；当元帅的妻子要杀他时，不当元帅的爸爸说情解救。杨宗保虽几惊几怕，却是虚惊虚怕。

我想，戏剧家假如将这两出戏编成一出戏，一定很逗乐子的。

一九八九

闲话“祭灶”

“腊月二十三，灶王爷上天。”童年记忆中的“祭灶”大致如是：晚上，在灶王爷前点上香，供上糖瓜，在灶屋门口横放上一根秫秸（是灶王爷上天时乘的龙），全家人跪拜如仪。之后，从墙上揭下灶王爷（要说请下），将糖瓜抹在灶王爷嘴上（灶王奶奶也同时分享），边抹边说：“一年里，家里的事有什么对不对的，您老人家‘上天言好事，回宫降吉祥’，多说好的……”如此这般等等。再之后，将灶王爷送到秫秸旁，鸣放鞭炮，一把火烧掉，于是灶王爷上天了。仪式至此结束。对孩子们来说，高潮却在后头：大嚼糖瓜。

祭灶，是给灶王爷饯行，实际上是行贿。将糖瓜硬往灶王爷嘴里抹，是颇不尊重的带强制性的行贿。

然而，这行贿却没有行到点子上。何以见得？试想灶王乃一家之主，用时下话说，是次于村长的家庭单位的领导，单位的好与坏，表明领导的尽责与失职，关联着尔后的进退升迁。报喜报忧，关碍至大。

只有“上天言好事”，才能“回宫降吉祥”。（说白了，这“吉祥”十之八九是降到灶王爷身上的。）连人都解得透的道理；难道神竟不懂？

往灶王爷嘴上抹糖，是多此一举。

一九八九

裸体·刘伶·竹林名士

裸体画展、裸体影展颇时兴了一阵子，从大城市到小县城，似乎到处可看见光屁股的。由此想到了刘伶。刘伶喝酒时就脱光身子，因为他是“以天地为栋宇，屋室为裈衣”。应该说他才是彻头彻尾的裸体模特儿。

对他的脱光身子，可能是后人觉着不大雅观，不怎么提起了。倒是他的酒兴为人所称道，且以之相标榜。敦诚挽曹雪芹：“牛鬼遗文悲李贺，鹿车荷锸葬刘伶。”很可以说明这一点。但于此却可看出，远在千数百年前就敢脱光衣服，足见其胆量之大。从时下裸体画展中还没看到他的影踪，似乎画家的视线还没射到他的身上。

阮籍喝酒的劲头比刘伶大，知名度反而比不上刘伶。这大概是因为他好“穷途之哭”，因而“哭”名盖过了酒名。就像刘伶的酒名盖过了脱光身子的名声一样。

王戎尚俭，酒却是要喝的。但他的尚俭多由于贪吝，誉之以“贤”，应像嵇康说的“见黄门而称贞”了。

“竹林七贤”中还有临被杀头还索琴弹了一曲《广陵散》的嵇康，一位吏部尚书山涛，音乐家阮咸，《庄子》研究专家向秀，他们都喝酒的，只不知是否也和刘伶一样脱光身子。

可见，胆大未必便是艺术的永久，永久的也不必一定要脱光。当然，我更不是想证明光屁股古已有之，也是一种“国粹”。

一九八九

读得糊涂

《世说新语》：“管宁、华歆共园中锄菜，见地有片金，管挥锄与瓦石不异，华捉而掷去之。”

华歆视“阿堵物”如敝屣，偏要再来上一手，“捉而掷去之”。装腔作势，矫情过火了。管宁则“锄与瓦石不异”。寥寥数语，褒贬分明。

然而细一思摸，“锄与瓦石不异”却颇费解。因为将“片金”“与瓦石不异”可出诸三种状况：一为金石不辨，二为粗心大意未曾看见，三为对“片金”无动于衷。“见地有片金”的“见”字，表明既非粗心也非金石不辨，当是对“片金”的无动于衷。可这“无动于衷”纯属刹那间的心态，旁人焉能得知。莫非管宁夫子自道？果系如此，岂不成了有动于衷，岂不是比华歆更为矫情。个中消息，不知《世说新语》据何而云然？

又则：“文帝尝令东阿王七步中作诗，不成者行大法。应声便为诗曰：‘煮豆持作羹，漉菽以为汁。萁在釜下燃，豆在釜中泣。本自同根生，相煎何太急。’帝深有惭色。”

曹植七步诗，即中小学生大都也能背诵，影响所及，不谓不大。可仔细一想，却又费解。“不成者行大法”，诗成与否，是诗才之捷与不捷，与法何干？更谈不上杀头。必欲以此杀人，将首先自陷于悖谬，这道理通常人也深懂得，何况“御之以术”（陈寿语）的曹丕？再说必欲杀曹植，办法尽有，譬如曹操杀祢衡假借刘表之手即是现成的家传秘方，何必出此下策？对曹家弟兄事，信欤疑欤？难察究竟。

“横看成岭侧成峰”，清人戴褐夫另又看出了意思，其诗道：

惊才子建竟沉沦，
萁豆相煎骨肉亲。
刀刃尚能留七步，
魏文未始不宽仁。

一九八九

画、话“牛二”

王玉祥寄来咏牛二诗，要我画牛二。我还未曾留意过这个泼皮，既然要画，总得去《水浒传》里拜识拜识了。我忽然发现这“牛二现象”颇为有趣的。

牛二一出场就先声夺人：“只见两边的人都跑入河下巷内去躲。杨志看时，只见都乱窜，口里说道：‘快躲了，大虫来也！’”想来了得。

再看下去就泄气了。这牛二“挥起右手一拳打来，杨志霍地躲过，拿着刀抢入来，一时性起，望牛二嗓根上搠个着，扑地倒了”。原是不堪一击的纸老虎。

有家财么？书中明白写着是“破落户”，即穷得精光的。有后台么？他死后连告状的“苦主”也没有。何以牛二竟撒泼放刁、气壮如牛？何以天汉州桥的人众对他畏之若此？且“开封府也治他不下”？

无独有偶，《聊斋志异》中恰有一位人物，就是狂生。这狂生恃着刺史“招与饮而悦之”，“凡有小讼求直者，辄受薄贿，为之缓颊，刺史每可其请。生习为常，刺史心厌之。一日早衙，持刺登堂。刺史览之微笑。生厉声曰：‘公如所请，可之；不如所请，否之。何笑也！闻之：士可杀不可辱。他固不能相报，岂一笑不能报耶！’言已，大笑，声震堂壁。刺史怒曰：‘何敢无礼！宁不闻灭门令尹耶！’生掉臂竟下，大声曰：‘生员无门之可灭！’”又是一个气壮如牛。不过这狂生多的是斯文气，不若牛二之市井粗野也。然而，再读下去也同牛二一样泄了气了。这位不畏刺史的狂生，当朋友“为买数尺地，购斗室焉。入而居之”之后，叹曰：“今而后，畏令尹矣！”

忽而气壮若彼、忽而胆怯若此，原来是“无门之可灭”与“斗室”在作祟。

恰好《宋稗类钞》中也有着牛二那个大宋王朝时代的一段记载：

吕文懿公初辞相位，归故里。海内仰之，如泰山北斗。有一乡人醉而詈之，吕公不动。语其仆曰：“醉者勿与较也。”闭门谢之。逾年其人犯死刑入狱。吕始悔之曰：“使当时稍与计较，送公家责治，可以小惩而大诫。吾当时只欲存心于厚，不谓养成其恶，陷人于大辟也。”

这个“醉而詈之”的乡人，也颇有点儿牛二气概。不同的是，他碰上的不是杨志，是“勿与较也”的退位宰相。以相位之尊之威，被人“醉而詈之”，何以“闭门谢之”？这位吕公说得明白，是“只欲存心于厚”。

其实又没说透，实则是怕失了君子大人之风。说白了，是怕失了身份。就像穿了绫罗绸缎和浑身泥污者摔跤，纵使赢了也划算不来的。

天汉州桥的公众，大概也是由于或有“身份”或有“斗室”才畏起无“身份”无“斗室”的牛二来的。且又一时来不及“闭门谢之”，只好“都跑入河下巷内去躲”了。

于此又可反过来推知，穷得精光的牛二的这股“壮气”，并值不了几个钱，不必杨志一刀，只需一间“斗室”，就可以像狂生一样将“气”泄得影踪全无的。而杨志卖刀那出戏也将会是另一个唱法了。

王玉祥写诗道：“时乖汴痞作脓包，枉向杨郎讨一刀。倘自迟来八百载，何愁万贯不缠腰。”这使我忽然想起了电影《芙蓉镇》里那个敲锣的疯子也很有点儿像牛二的叔伯兄弟，不过他一度比牛二走运得多。

一九八九

空壳螃蟹

报刊上偶有一类文章，使人望而生畏。读之如破译电码。费好大劲，猜出意思却又稀松平常。每喟然自叹上一大当。常想：写文如说话，要在人懂，何作此佶屈聱牙之语，折磨别人?

见《宋稗类钞》：“关中无螃蟹。元丰中，秦州人家收得一干蟹，土人怖其形状，以为怪物。每人家有病疟者，借去挂门户上，往往遂瘥。不但人不识，鬼亦不识也。”

干蟹之怖，在于“不但人不识，鬼亦不识也”。使之“不识”，不仅吓人，且能吓鬼，方始有悟于此类文章。然则，干蟹虽怖，徒空壳耳。

一九八九

拟某编辑信

× × 先生：

书稿收到，大作甚有独到见解，文笔流畅，我们愿作出版考虑，谨奉告。　　此致

敬礼

1986.1.21

× × 先生：

尊著经研究，觉得第二章第三段如能再补添一二具体事例，就更有说服力了，您认为如何?

得悉先生为 × 国 × 刊组稿人，得拜识先生，幸甚。附上拙画十二幅，敬求赐教。　　谨颂

著祺

1986.9.7

× × 先生：

刊物收到，欣喜何似。拙画得能发表在 × 国 × 刊上，全仗先生鼎力，谨向先生致以衷心谢意。祝您健康！

1987.10.18

× × 先生：

您的书稿，我当尽力催促，使之尽快能定下来。

顺便冒昧请求，不知先生能俯允否？我一直想得一出国观光机会，如能借先生一言，请发表拙画之 × 国 × 刊发一邀请信，使我得遂夙愿，乃先生大恩大德也。不胜企盼之至。　　谨祝

健康

1988.3.20

× × 先生：

× 国 × 刊之邀请信，先生说实难办到，虽感遗憾，但对先生之费心，着实感激。先生书稿，我又催了，想不日即可定下来。

吾友刚从先生所居之市出差回来，说在市百货大楼看到有出售之德国相机，此相机在我这里不易买到，可否劳烦先生代为购买一架（款子请先生先垫一下）多谢多谢。　　祝

安好

1988.6.20

××先生：

照相机既未买到，也就算了。

先生说书稿压了两年半之久仍未得肯定答复，对此我也甚感抱歉。实话相告，我社还有压了五年至今仍在压着的书稿，不独先生之稿也。现下出书实在太不易了，奈何奈何！如先生不愿再等的话，可否将书稿寄还，再给别的出版社看看。　　此致

敬礼

1988.7.23

一九八九

品 尝

一老乡进城，买了一包元宵。蹲在食品店门口，边吃边自言自语：“都说元宵好吃，一点儿也不好吃。”（其实是还没煮的生元宵。）

有两个人坐在火车上，用刀子削着南京板鸭，一嚼一咧嘴：“徒有其名，不好吃，不好吃。”（其实也是没蒸过的生板鸭。）

这是听来的两起“土包子”闹的笑话。“土”不可笑，可笑在不懂自以为懂，还没弄懂吃法就忙着吃起来且忙着表态了。

我想，如果这吃生元宵和生板鸭者边吃边说“好吃好吃”呢？恐怕这笑话也就失去了笑劲，使人怀疑其味觉有毛病了。

最近又听说，有什么大奖赛，评的结果，将抄袭之作名列前茅。这与吃生元宵、生板鸭很有点同趣了。不同的是，这回不是“生”的，而是从别人嘴里吐了出来的。又不同的是，不是说“不好吃”，而是大赞“好吃”。似乎其味觉又远远不如吃生元宵、生板鸭的“土包子”了。

一九八九

候车记趣

咚咚咚，一个老乡敲售票窗窗口。

“买票。”

“不卖。”是里面的声音。

过了一会儿。

咚咚咚，又是一个老乡敲窗口。

“买票。”

“不卖！”里面的声音提高了一个调门。

又过了一会儿。

咚咚咚，第三个老乡又敲窗口。

“买票。”

“不卖！！”声音又上升了两个调门，且发火了。

这发火了的调门，引起我的兴趣来了。我猜想，如果再有敲窗口的，声音能再提高几个调门？火能再发多大？我像看戏一样地等着下一场。等着等着，果然来了。

咚咚咚，是一个穿制服的。

“买票。”

“不……”果然又升高了调门，随着“卖”字窗口“哗”地拉开了，是一张满布冰霜的怒气的脸。然而，还没来得及眨眼，只一闪，又成了满是春色喜气洋洋的脸。“哈，你啊，上哪去？屋里坐，我开门去。”戏就这样在高潮中结束了。那位穿制服的被迎进了室内。而那张脸却留在了我的印象中。从满面怒色到喜气洋洋，从冰冷到火热，从这个极端到那个极端都集中在了一闪现间，而且无论哪个极端都情真意切，毫不含糊。

一九八九

翻版笑话

某厂生产不甚景气，时有亏蚀。厂长时露自慰之色。人问以故。曰：“不闻邻厂亏损远甚我厂乎！我优于彼。”

该厂长颇具贫士风范。一笑话谓：“一贫士冬月穿夹衣。有问之者：‘如此严寒为何穿夹衣？’贫士曰：‘单衣更冷。’”

一九八九

歇歇吧，别打了

是偶然看到的不知是何名的电视片：一伙农民拿着杈耙木棒发着喊声冲向一个院落，楼上走廊里趴着一个打手模样的人，举着匣子枪射击。一个农民被打倒了，又一个农民被打倒了……一个壮汉提着刀迂回到楼下，攀上楼梯，一个箭步闪到那打手背后。用旧小说的说法是“说时迟，那时快”，只要一刀下去，那打手就呜呼哀哉了。岂料壮汉不用刀去砍，却吆喝一声，去踢那打手的脚。这不明明是惊动打手，这不是傻么！那打手被惊动了，发觉背后有人，一翻身立即用枪瞄准了壮汉。那打手的头脑似乎也缺根弦，因为只需一扳枪机，壮汉就没命了，可是他没有这么办，好像在等待什么。原来是等待壮汉将他的枪打掉，果然枪被打掉了，壮汉的刀也稀里糊涂地掉了。二人徒手对搏起来，拳来脚去，闪辗腾挪，忽进忽退，有招有式，足足折腾了好几分钟，一场好斗。

可是，壮汉和打手怎么忽然都傻了？我思摸这八成是导演让他们傻的。因为如果不发傻的话，其中一个早就没命了，又怎能对打起来，怎能打得如此花样百出。于是才给这两位灌了一口迷糊药。

然而，看两个傻子打架有啥意思？

从而又想到其他的急于出笼争着上市的武打片，为了打得邪乎，尽是无论怎么打都打不死的硬汉，看着看着像是在看机器人或胶皮人打架了。

尽看机器人或胶皮人打架有啥意思？

歇歇吧，别打了。

一九八九

等　死

记得小时候，家乡的人凡是上了点岁数的，温饱之余，如果再有了闲钱，就要踅摸着买一副棺木了。很有点儿像大姑娘置备嫁衣。大姑娘置备嫁衣是等着出嫁，这置备棺木，说白了是等死。

这事书本上也有，《红楼梦》里的秦可卿死了，薛蟠对贾珍说："我们木店里有一副板，说是铁网山上出的，作了棺材，万年不坏的。这还是当年先父带来的，原系忠义亲王老千岁要的，因他坏了事，就不曾用……"这位忠义亲王也是等死的，却正好"坏了事"，如了他的愿，不必再等死，先死了。

《柳南随笔》有一段记述："吾邑有周子肇者，以鬻书为业，而喜交士大夫，又时时载书出游，足迹几半天下。年甫六十，即制一榫（自用之棺），极其精美。所至辄载以自随。"这位周子肇先生将棺材"所至辄载以自随"，更是"等死"之具有创造性者。

然而，翻开今年七月二十日的《人民政协报》：湖北省通城县谭家村“有人还未到‘而立’之年，就为自己造了三十平方米的坟墓，并刻了石碑。有的父母还给他们二十来岁的儿子，以及未过门的媳妇也修好坟墓”。

这些二三十岁的“自掘坟墓”者，又将“等死”的古人给比下去了。因为他们比“年甫六十”更提前了三十多年，用时下流行话说，是更富有“超前意识”。

一九九〇

猴尾巴记趣

就猴尾巴做文章且做得妙的，在我印象里有两本书。

一是吴承恩的《西游记》。当真君杨二郎将孙悟空打得难以招架的当儿，“那大圣趁着机会，滚下山崖。伏在那里又变，变了一座土地庙儿：大张着口，似个庙门，牙齿变作门扇，舌头变作菩萨，眼睛变作窗棂。只有尾巴不好收拾，竖在后面，变作一根旗杆。真君赶到崖下，不见打倒的鸨鸟，只有一间小庙，急睁凤眼，仔细看之，见旗杆立在后面，笑道：‘是这猢狲了！他今又在那里哄我。我也曾见庙宇，更不曾见一个旗杆竖在后面的。断是这畜生弄喧！他若哄我进去，他便一口咬住。我怎肯进去？等我掣拳先捣窗棂，后踢门扇！’大圣听得，心惊道：‘好狠好狠！门扇是我牙齿，窗棂是我眼睛。若打了牙，捣了眼，却怎么是好？’扑地一个虎跳，又冒在空中不见。”

这是一场斗智较量，孙猴子败下阵来，顺势一滚伏在那里变作一个土地庙，张大口变作庙门，哄杨二郎进去将他咬住，来个败中取胜。但是讨厌的尾巴带来了麻烦，急切中难以收拾，却又亏了这猴儿机灵，胡乱将它变作一根旗杆。未进化成人的猴子比起由猴子已进化成人的杨二郎终究稍逊一筹，被识出破绽，险些给打了牙，捣了眼。或许会想：假如孙猴儿不将尾巴变作旗杆，变作一棵小树或者别的什么不更好些？然而这是事后诸葛亮，且是人的思路而非猴子的思路了。惟其将臊尾巴变作神圣的旗杆的荒唐之举，方显出活脱的一个“猴”字，且是一个嘎猴儿。

再是钱锺书的《围城》。当书中人辛楣说“也许那时候我年纪轻，阅历浅，没看清人。不过我想这几年来高松年地位高了，一个人地位高会变得糊涂的”的时候，作者议论道：“他不知道一个人的缺点，正像猴子的尾巴，蹲在地下的时候，尾巴是看不见的，直到他向树上爬，就把后部给大家看了。”

平心而论，比起所有动物的尾巴，要数猴子的尾巴最令人不敢恭维了，像大拇指那么一点点，寒碜得很。而且它的紧邻——屁股，光秃秃，红得恶心。将这样的猴尾巴喻之人的缺点不仅确切，且使人忍俊不禁。试想，那正在向上爬的猴子满脑袋里想的是风光神气，高“猴”一头，岂料也是在这同时将那不雅观的后部给大家看了。对于没有决心割掉尾巴的猴子来说，倒不如老实蹲在地下更识相些。当然，对于这一点，猴子思不及此。然而又何仅只猴子？又何仅只书中人物高松年？这种对猴尾巴的议论，高松年听了大概也会笑的。也许有可能，正在忙着向上爬的高松年又未必肯破出些工夫去听。那就只好将后部继续“给大家看了”。

一九九〇

说书人嘴里的程咬金

小时候听说书人说“瓦岗寨”，每当听到“程咬金”三个字，兴头就来了。因为这个人很逗。他每纵马上阵，二话不说，总是劈头盖脸三斧子，得了手就算赢了，不得手，拨马回头便跑。说穿了，是程咬金抡完这三斧子再也没招儿了。我们便大笑起来。可是别看只这三下子，有时确也难以招架。这三斧子到底是怎么舞弄的，谁也没有看到过。据说书人讲，是没有传授，胡抡乱耍。这在两军阵前难免要遭到讥笑了。可是程咬金不管这一套，厚起脸皮不怕讥笑，且又敢上阵玩命，老百姓把这叫作“愣头青”，我们笑的就是他这“愣头青”劲。

年岁大了，逐渐明白了程咬金的厚脸皮的“厚”字与敢拼命的“敢”字并非人人都能二者得兼。起码在他周围的那些英雄中间就找不出第二个。再说那斧的没有传授，不也就是说既不是这家的招式也不是那家的招式么。无迹可寻，歪打正着，吓了外行，也唬了内行。

话再说回来，歪打既能正着，看来也就有点说道了。比如说，事物的规律并非都为人们所穷知。板斧的招式虽有了各家各派，也并非已穷尽了板斧的路数。安知程咬金的无招无式的耍法不是在已有招式之外的创造？如果说这是创造，不正是由于他的脸皮厚的“厚”字与敢拼命的“敢”字而得之的？这三斧子既是他之所短，又是他之所长。惹人发笑，也引人起敬，使我们小时笑过无数遍的说书人嘴里的这位程咬金，不正是现在人们所说的：自学成才？！

一九九〇

总有话说

听到一则笑话：一个卖盆人敲着盆子对买主说："听这响声！"（意即清脆，盆烧得好。）敲了两下，盆子碎了。随又指着裂口说："瞧这碴口！"（意即碎裂的碴口也好。）

总有话说，总是盆好，即使碎了，也碎得好。可是碎了的盆子碴口再好又有何用？卖盆的也就思不及此了。这笑话之所以可笑，大概人们就是笑这卖盆的夸口夸得走了板，有点像是说醉话了。

这使我想起昆曲《醉皂》中那个醉汉来了。不多不少，他恰好也有两句话，堪与卖盆的一比高下。

当他跌了跤后，说道："阿——哙，我昨天就晓得今天要跌在这块。"多么有预见性。多亏了这一跌来证实他的预见，使他有了夸口的机会。

刚刚爬起来，接着又跌了一跤，给了他的预见性一记耳光。这下大概无话可说了。岂料舌头一转，又出来了一句："嘿！早晓得还要跌，我就不爬起来了！”上半句只好认输了，文章却是做在下半句：“我就不爬起来了！”如果我不爬起来，看你这一跤能奈我何！在这儿又找回来了。

总有话说，不管怎么跌跤，总能跌出他的见识之高来。使人不能不佩服这醉汉了，因为他醉得如此清醒。

两个都是总有话说。醒着的像醉着，醉着的像醒着。

一九九〇

旅途小记

庚午夏，乘车西行，走曲阳，过阜平，一路打盹，糊里糊涂，及醒来，梵宇僧楼，已是五台山下。

饱览显通寺、塔院寺、菩萨顶、观音涧、圆照寺等佛界胜境，居二日而返。

归时，至长城岭，路依山势，自山巅蜿蜒而下。车行其间，仰视山峦层叠，俯瞰危崖百仞，惊魄骇目，惴惴不已。历一小时余，车抵低谷，心方始安，而冷汗几遍全身。向同车者询，赴五台唯此一途。方悟去时在睡中，无知无觉，虽涉百险无惊于我，且自憾何返时不复瞌睡而清醒耶!

张志民氏有看小儿打针诗，颇堪解颐，录之于此:

这边娃儿吱吱叫，

那边小女叫吱吱。

惊见痴儿无惧色，

原来无知胜有知。

一九九〇

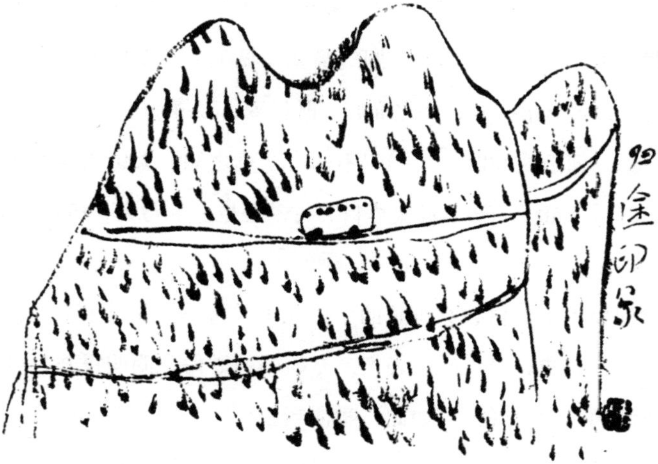

势利嘴脸

《聊斋志异·泥鬼》：“余乡唐太史济武，数岁时，有表亲某相携戏寺中。太史童年磊落，胆气最豪，见庑中泥鬼琉璃眼珠甚光而巨，爱之，阴以指抉取，怀之而归。既抵家，某暴病不语。移时忽起，厉声曰：‘何故抉我睛？’噪叫不休。众莫之知，太史始言所作。家人乃祝曰：‘童子无知，戏抉尊目，行奉还也。’乃大言曰：‘如此，我便当去！’”

这泥鬼不去对付抉它眼睛的小孩儿（因这小孩儿是未来的官），却迁怒于没有抉它眼睛的某表亲。专捡弱的欺侮。明明畏强，可又装出一股硬劲，大言说：“如此，我便当去！”色厉内荏，很有点像老百姓说的笑话：“叫我滚回去，我偏不滚回去，我爬回去。”

《子不语》中有一势利鬼，却是另副嘴脸：“张八郎有所欢婢，婚后弃之。婢幽怨成疾，临死曰：‘我不饶八郎。’语毕气绝。忽又张目曰：‘八郎运甚旺，不能报仇，我捉八奶奶也是一样。’”

这个鬼的遭遇，颇堪同情。然其劣性与泥鬼铢两不差，却直话直说，远较泥鬼坦率，饶有天真气。

同书中又有《鬼乖乖》：“金陵葛某，嗜酒而豪，逢人必狎侮之。清明，与友四五人游雨花台。台旁有败棺，露见红裙，同人戏曰：‘汝逢人必狎，敢狎此棺中物乎？’葛笑曰：‘何妨！’往棺前以手招曰：‘乖乖吃酒。’如是者再。群客服其胆，大笑而散。

“葛暮归家，背有黑影尾之，声啾啾曰：‘乖乖吃酒。’葛知为鬼，虑避之则气先馁，乃向后招呼曰：‘鬼乖乖随我来。’径往酒店上楼，置一酒壶两杯，向黑影酬劝。旁人无所见，疑有痴疾，听其所为。共饮良久，乃脱帽置几上，谓黑影曰：‘我下楼小便，即来奉陪。’

黑影者首肯之。葛急趋出归家。

“酒保见客去遗帽，遂窃取之。是夕为鬼缠绕，口喃喃不绝，天明自缢。店主人笑曰：‘认帽不认貌，乖乖不乖。’”

这鬼比上二鬼滑头得多。试想此鬼如不识葛某面貌，怎能尾随讨酒吃？八成是惧怕葛某“嗜酒而豪”，正好借着葛某的帽子，将错就错抓着酒保施以报复了。这似乎糊涂，其实是一点儿也不糊涂的。唯如此，其畏强凌弱才不露痕迹。店主笑说：“认帽不认貌，乖乖不乖。”恰是店主糊涂，给鬼蒙了。

一九九〇

偶　记

读《子不语·鬼送汤圆》，哑然失笑。

王生病，“众鬼阗门塞屋，日掩天光，夜蔽灯火，或坐或立，或言或笑，聚集十余日。家中持经放焰口，毫无效验。一女鬼呼曰：‘汝家该延老僧宏道来，我辈便去。’如其言，往请宏道。甫到门，众鬼轰然散矣。”

袁子曰：“同是念经、放焰口，而有验有不验，此之谓有治人、无治法也。”

噫嘻！靠人治，而不靠法治，不仅不宜治人，且不宜治鬼。

一九九〇

鬼推磨

这鬼推磨，不是“有钱买得鬼推磨”的“鬼推磨”，而是神权鬼权因果报应的血淋淋的阴司地狱里所谓“磨研”的鬼推磨。

这鬼推磨，在旧时几乎每座县城的城隍庙里都有。随着时代的前进，民智的开化，这些封建垃圾远在数十年前已荡除净尽了。

这应了“周而复始”之说，岂料到了八十年代之末，这鬼推磨之类的东西又冒出来了。如果到河北省某县的西游记宫里转一转，就像又进到城隍庙里。不只鬼推磨，牛头马面，黑白无常，诸般俱全，且比旧城隍庙的这类泥塑木雕“推陈出新”。配置机关，装设电钮。黑白无常，或攫或跃，推磨小鬼，此追彼赶。皆谓科学破除迷信，可是我们某些同胞却能让现代科学技术与鬼一齐推磨，心思能谓不巧？创造性能谓不大？

如若说我们某些同胞意在宣扬迷信，倒恐未必。可又是为了什么？想来大概与鲁褒说的那个“孔方兄”有关。这岂不又有点儿应了本文开头的“有钱买得鬼推磨”那句话了？

一九九〇

“粉孩儿”唐明皇

从前的草台戏班里有用布缝制的“婴儿”，现下谓之“道具”的。这“道具”在前台又当儿子，又当孙子，作儿啼声（以唢呐模拟），作撒尿状。正像俗话说的，被玩弄于股掌之上。可一到后台，立即被高高供养起来，尊之崇之。后来听人说这是唐明皇。

唐明皇是戏班里的神。

杨宪益《零墨新笺》载有顾景星的《乡傩诗》，其中有句云：“雕儿列神像，被以红锦襦。中坐天宝帝，左右双明姝。”从明末顾景星的诗看，唐明皇成神又是颇早的了。

忽而崇之敬之，忽而昵之亵之，这“神”毕竟甚是尴尬。何以如此，不得其解。

近日读《巢林笔谈》，作者龚炜把此给解了：

梨园所称老郎菩萨者，一粉孩儿也。平时宗之，临场子之，颠倒殊不可解。或云即唐明皇。吾则有说以处之：开元精励，尽人可称为宗；天宝昏庸，优人得亵为子，恰合两截人。

不掩其功，不饰其过。虽涉调侃，却是非分明。人之至尊唐明皇死而有知，当也无词以对。老百姓厉害哉！附以志之。

一九九〇

话说“刘巧儿”

读《漫画世界》的《新凤霞和皇帝》，想起十多年前去北京朝阳医院探望朋友，恰遇凤霞老大姐因中风住院。我边帮忙照料边想：“刘巧儿”以后还能“采桑叶”么？

每逢去北京，我总要去东大桥看她，见她走动时扶着墙壁、桌子或床沿儿。心想：“桑叶”怕是采不成了，这位家喻户晓的“刘巧儿”！

后来，我忽然在香港报刊上看到署名新凤霞的花卉写意画。色彩绚丽，笔墨厚重，带有朴拙的民间画风。“刘巧儿”不采桑叶写起丹青来了。我趁往北京出差的机会向她拜求了一幅。

再后来，又陆续从各报刊上读到新凤霞的文章，文笔蕴藉，不雕不琢，行云流水，浑然天成。据说这些文章已裒然成集，在香港和内地出版了各种不同版本的，包括英文和乌尔都文本共八本书了。

这位老大姐的腿脚虽不灵便了，可是她却走得更远了，从剧坛走到画坛，又从画坛走到文坛。

“老坦克”

道临兄称呼自己的自行车为“老坦克”。

“坦克”的确“老”得毫不含糊：黑漆剥落，铁锈斑驳。

别看它老，却老骥奋蹄：横渡长江（《渡江侦察记》），直取海南（《南岛风云》），挥戈东向（《非常大总统》），从“家”到厂，日夜奔驰在《不夜城》……为影坛屡建奇功。

道临兄谓它优点甚多，如车架子结实，车把宽，攥得稳……

我说，“皇冠”“奔驰”，豪华气派，离开大路，难以用武。而“老坦克”，既可驰骋在长街小巷，也能穿行于田塍野径。且还有一大优处，借用方成兄的话：上车就有座。

两看《活捉》

年轻时在农村庙会上看过一出《活捉王魁》，打那以后，说句斯文话："广陵散绝久矣。"可是戏里的一段绕着桌子转圈儿的情节，一直深印在我的记忆里：

敫桂英（鬼魂）与王魁四目相向，一个直前，一个后退，绕着桌子转圈儿。起始，尚还举手投足，随着愈转愈快，双臂下垂了，身躯僵直了，连脸部肌肉也凝然不动了。虽是迅疾地绕着桌子转，却似乎不再迈动步子，像是给旋风刮着动的。记得那时候，看着看着，倏地毛骨悚然。一男一女，绕着桌子转，竟转得满台森森鬼气。

说来也简单得很，看那双臂下垂，身躯僵直，看那脸部肌肉凝然不动，只不过是模仿了一下僵挺了的死人躯体（这是人们曾看到过的）。再加上一些想象，让它直立且动起来（这是人们从未看到过的）。就这么使"现实"和"想象"一糅合，使得两个本是人的样子的比起庙里泥塑的青脸红发的鬼的样子更多着鬼气。

出“鬼”入化，可又不单单仅是为了装鬼像鬼，因为在这“鬼气”里凝聚着的是敫桂英的愤懑，这鬼气，实则也是怨气。而于王魁，则又成了冥冥中的谴责所施加给他内心的一种“压力”。一石两鸟，我赞佩第一个想出这个招儿来的那位民间戏曲艺人。

前几天，我又看到了暌违多年的敫桂英。这时戏已进行了一半，敫桂英正在海神庙里哭诉。我一面听着她哭诉，一面急切地盼着她死，死了好去捉王魁，好去绕着桌子转，转出鬼气来。

敫桂英终于死了，死了的敫桂英终于找到了王魁。可一直到活捉了王魁，再也没有转桌子。不转也罢，无妨大局，反正是活捉了王魁，且义正词严地将王魁怒斥了个淋漓痛快。

尚记得，在从前庙会上草台班的戏台上，死了的敫桂英活捉了王魁之后，戏也就戛然而止了。这戛然而止，给看客看到的是一个受了欺侮而又敢于抗争的女人，一个“予及汝偕亡”拼死相斗而终于复了仇的女人。

可是这一次的敫桂英活捉了王魁，按说两下里清了账了，戏要戛然而止了。正在这时，她又坐起来了，被一个老汉一个女孩子搀扶着走出庙门。看着她的姗姗离去的背影，却颇费解了。

敫桂英没有死？可刚才那场“活捉”又是怎么回事？莫非是在梦中？如果是做梦，倒真的有点儿近似阿Q在土谷祠里做的梦了。阿Q在梦里看着未庄的一伙鸟男女下跪求饶，飘飘然固然飘飘然，可终究是“打的是自己，被打的是别一个自己”。如是梦中自慰，精神优胜，

这敫桂英岂不令人啼笑皆非？

如说不是梦中，那就是敫桂英真的死了，判官真的签发了逮捕证，真的活活捉去了王魁。可是，王魁被活捉而死去了，敫桂英却又活转来了。莫非敫桂英是暂时的死？死了是为的好去捉王魁，目的既达，又活转过来的？或是为判官恩准又活转过来的？对这些姑且不去妄猜。既然她又活了，那就依照人世间的事理评判一下看。王魁固然恶劣，负情背义，应遭惩罚唾弃，可这终究属于道德品质方面的事，没有涉及人命，被判死刑（活捉）实为过分。这如出之于原告要求，敫桂英岂不有悖于理？如系出于判官判决，判官岂不难脱昏愦之讥？

或者说了，王魁怙恶不悛，死有余辜，因为他不但负情背义，还对显魂的敫桂英为灭口而起杀心。这固然进一步暴露了王魁是个无赖，纵然如此，不也仅仅属于杀人未遂？（应该说杀鬼未遂，如果真能将敫桂英的鬼魂杀了，这出“活捉”也就唱不下去了。）按照人世间的法律，对杀人未遂者在一般情况下仅能判处徒刑而非死刑。以死刑论，王魁岂不冤枉？岂不使敫桂英本有的百分之百的理因此而输掉好多？

虽颇费解，却也悟出了一点儿不甚费解的道理，让敫桂英又活了，当是出于不知是哪一位戏曲家的菩萨心肠。但是，菩萨心肠有时也会爱之适足以害之的。

一九九二

喜剧·悲剧·闹剧

——读陈四益文丁聪画《进谏》

《孟子》：“君有过则谏。”皇帝有过错，要谏诤，使其改正，为的是“致君尧舜”。大概历代皇帝都想使自己成为尧舜，从而设置了专门议论朝政的官职——谏议大夫之类。陈四益的《进谏》就是以这个“谏”字为文的。

某公，身为谏议大夫，“思有以拾遗补阙”，仿效魏徵上疏。疏未上，忽然念及“居安思危”一语未妥，本是太平盛世，何危之有？于是挥笔抹去。继而又觉着“载舟覆舟”一语太险，民若“覆舟”，岂非作乱？“乱”字岂可说得，又于是挥笔抹去。再继而一想，“虑壅蔽”“惧谗邪”，岂不是说皇帝不明察洞烛为谗所蔽？想至此，“不禁汗下浃背矣”。又又于是挥笔抹去。如是者再，心始稍安。最后剩下八字：承天景命，垂拱而治。

这篇小文生动而富风趣。说是小文，它实不足二百字。说是生动，虽不足二百字，而“某公”竟活脱跃然纸上。生动重在炼字炼句。且看该文中几处用语：当某公忽念及时，用的是“未妥”；又念及时，用的是“太险”；继而复念及时，则是“汗下浃背矣”。这不同的用语，不仅表达出了某公思想活动的阶段性，也表达出了思想的迭次变化所引起的不同心理变化。而“心始稍安”的“稍”字，尤为切中，状出了某公谨小慎微之态。通篇无调侃之言，风趣寓于庄重之中，又似无意出之。这是不动声色的幽默，这类幽默时而见之于《史记》、古典文学与明、清人笔记中。作者深谙此中三昧。

此文更值得一提的是引人一思再思。

初读之后，当看到“谏”字逐渐蜕变成了“谀”字，某公初衷如彼，而又结果如此，谁能不为之忍俊不禁？能不说是滑稽喜剧？

然而再细一想，这某公而再而三之所思，何尝不言之成理？顾虑重重又何尝无因无故？他的出丑，实非甘愿，盖由所迫。就某公自身讲，说是喜剧，毋宁说更是悲剧。

谓某公所思是言之成理，顾虑有因，不是没有根据的。远在战国时期的韩非，在他的《说难》一文中就曾写过：“夫龙之为虫也，柔可狎而骑也；然其喉下有逆鳞径尺，若人有婴之者则必杀人。人主亦有逆鳞，说者能无婴人主之逆鳞，则几矣！”对这“逆鳞”之惧，韩非不厌其烦地用了七个“身危”。《红楼梦》里则说成是“文死谏”，干脆将“谏”字和“死”字合伙穿了连裆裤。韩非的“身危”、《红楼梦》的“文死谏”都说得一语中的。看来他们都很清楚，君主的过错总是和“逆鳞”搅和在一起的。皇帝又想成为尧舜，却又厌人“婴”

自己的“逆鳞”，而所谓鲠直刚烈之臣，为了“致君尧舜”，又不能不犯颜“婴逆鳞”。君之尊、臣之忠在这儿撞了车，于是贬官、流血，一代一代地反复出现着这类悲剧。当然，也有个别例外，那就要传为佳话了。“某公”似乎看穿了这一套，又没勇气演悲剧，只好演起喜剧来。或者更确切地说，他是在和没有出场的某个皇帝共同在合串着闹剧。

这类闹剧，仅仅出现在皇帝和谏官之间？大官与小官之间，小官与百姓之间，又何尝不也演着这类闹剧？

丁聪作画另有千秋，与文珠联璧合争相辉映。如谓文含而不露，画则如点龙睛。某公四肢伏地从桌底钻出之状，不正是“汗下浃背矣”的诚惶诚恐心理状态的形象化？歌功颂德的八个大字竟然驮在背上，其辛辣，应是入木三分骂亦精了。

一九九三

阿 Q 起诉

一

自从阿 Q 挨了秀才的大竹杠，一直再也没有见到吴妈。却是也怪，愈不见愈想，吴妈的身影直在阿 Q 眼前晃来晃去。晃得心里发痒，不由得骂了一句："妈妈的，这小孤孀。"可是愈骂，心里愈痒，阿 Q 横了心：非和她困觉不可。

阿 Q 明白，再下跪是不行的了。常言道："士别三日，便当刮目相待。"进过几回城的阿 Q 却也长了见识，头脑里忽地冒出不知从哪里听来的一句"一举成名天下知"，一下子开了窍：何不想法出出名，来个名扬未庄。有了名，不愁吴妈不乖乖地跑进土谷祠来。阿 Q 愈想愈得意，"妈妈的"后面又加了一个"妈妈的"。

二

要出名，就得闹点像新词说的"轰动效应"。怎么闹？跟谁闹？

第一个想到的是赵太爷。跟赵太爷闹当然能大出风头。可是，一想到赵太爷，阿Q的腮帮子又火辣辣起来。那巴掌实在厉害，不行！

假洋鬼子？也不妥，他那哭丧棒也着实了得。

王胡？单说身上的虱子就比他不过。

小D？“我手执钢鞭将你打！”又忽地想起在钱府照壁前的那场“龙虎斗”似乎并无胜败，也不知道看的人可满足，都没有发什么议论。再说小D本是虫豸，纵使胜了他，也添不了多少光彩；万一败了，可就栽了。不划算，不划算。

人急生智，福至心灵。到底悟出了一招：状告鲁迅。阿Q扳起手指算计起来：一是鲁迅名声最大，最有轰动效应；二是文斗，“君子动口不动手”，保险挨不了大竹杠。最来劲的一点是，我阿Q是原告，鲁迅是被告，官司赢也罢，输也罢，反正是和他“齐名”，是光赚不赔。阿Q飘飘然起来，于是脱下破夹袄，当了四百文铜钱，去求假洋鬼子代写起诉状去了。

三

县城法院忽然接到一张起诉状：

原告：阿Q。

被告：鲁迅。

事由：一、我头上长了个癞疮疤，我最忌讳人说，可他偏偏写到文章里，这是丑化我，我不干。二、我想和吴妈困觉，这事说出来多寒碜！岂不闻圣人说：“非礼勿言”。非礼之事是不能让人家言说出来的。可他给捅开了，闹得全未庄的女人见了我，个个躲进门里去，甚而至于将近五十岁的邹七嫂，也跟着别人乱钻，而且将十一岁的女儿都叫进去了。这不是揭人隐私？这不是损害别人名誉？

求法院老爷给我做主，公平断理。

原告：阿 Q

四

阿 Q 躺在土谷祠里，因没了破夹袄，身上有点冷，可心里却热。他想到这场官司传遍了未庄，人人都在争说阿 Q 和鲁迅，连赵太爷都要称呼他“老 Q”了。“妈妈的，这小孤孀。”想象中的吴妈乖乖地进了土谷祠。

一九九四

李逵、潘金莲公案

家乡的集市上，有说书人，演说《三侠剑》《水浒传》。听书的大多为不识字的粗人，却是极认真、入迷。有一卖包子的，因了武松和买包子的争执起来。本是闲说话，说来说去说起了武松。卖包子的说：梁山一百单八好汉，就数武松力大，能打死老虎。买包子的说：李逵也杀死过老虎。卖包子的说：别忘了，武松是赤手空拳，李逵有刀。买包子的说：武松打死的是一只，李逵杀了四只。卖包子的没了对答，突然冒出一句：你买李逵的包子去吧，我不卖了！

清初，大文艺理论家金圣叹，赞扬写李逵“段段都在宋江事后”，“做个形击，其意思自在显宋江之恶，却不料反成李逵之妙也。”

可是“不知何人，不晓此意，却节出李逵事来，另作一册，题曰‘寿张文集’”。对这“不晓此意”者，这位先生竟忍不住谩骂起来：“可谓咬人屎橛，不是好狗。”

一个粗人，一个文人，都任性使气得可笑。却也证以爱之深，证以《水浒传》之雅俗共赏。

家乡每逢春节，老太婆们喜斗纸牌。牌分一万二万三万直至九万，上写姓名如秦明、宋江、李逵等。他们当年本在梁山大块吃肉，大碗喝酒，有福同享，有难同当。不料想，在老太婆们手中相互争斗起来。这真应了《三国演义》上的那句话：合久必分。

斗纸牌也叫叶子戏。据说“明季万历末年，民间好叶子戏，图赵宋时山东群盗姓名而斗之”。将梁山好汉弄到赌博场来，倒也并非“风马牛”，因为宋江等人，“要当官、杀人放火受招安”，何尝不是更大的政治赌博？

说起王伦，想起时下报刊上常常提到的“对号入座”。早在明代，就有文章谈及“独其有心贬抑儒家，只以一王伦当之，局量褊浅，智识卑陋，强盗也做不成”。这应是时下“对号入座”的老大哥了。这“儒家”定要和王伦伙穿连裆裤，又奈他何！

王伦“局量褊浅”，固然。这是从局外看。就当事人看，王伦之虑亦不为无因。《水浒后传》的作者陈忱就曾讲过：“翟让、李密之事可鉴。”

七十一回“梁山泊英雄排座次”，大书一个“排”字。这“排”字，绝非幼儿园中小朋友唱的“排排坐，吃果果”。“排”者，“比”之意也。谁先谁后，谁坐谁立，以今证之，大有关乎权力、身价，丝毫马虎不得，这也正是王伦之虑之所由。以古证之，亦然。“史思明亦好作诗。作樱桃诗云：‘樱桃一篮子，半青一半黄，一半与怀王，

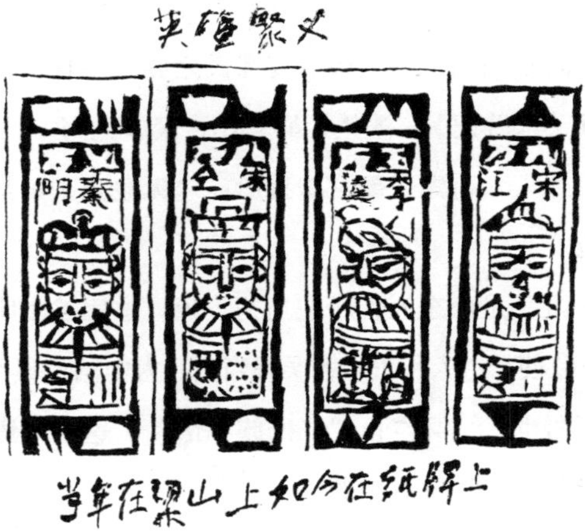

一半与周赀。’或请以‘一半与周赀’句在上则协韵。思明怒曰：‘我儿岂可使居周赀之下！’”（《芝田录》）

“若夫姓某名某，不过劈空捏造，以实其事耳。如世上先有淫妇人，然后以杨雄之妻、武松之嫂实之；世上先有马泊六，然后以王婆实之。”“情状逼真，笑语欲活，非世上先有是事，即令文人面壁九年，呕血十石，亦何能至此哉？”（见《李卓吾先生批评忠义水浒传》）用现在的话说是艺术源于生活，唯生活中先有“是事”，然后才有可能构想出能“实之”“是事”的小说人物。而小说中人物，虽“情状逼真，笑语欲活”，“若夫姓某名某，不过劈空捏造”。

这本是至明白的道理，然王士禛的《香祖笔记》却载：“俗人传讹，有绝可笑者。兖州阳谷县西北有冢，俗称西门冢。有大族潘吴二氏，自言是西门嫡室吴氏、妾潘氏之族。一日，社会登台演剧，吴之族使演《水浒记》，潘族谓辱其姑，聚族大闹。互控于县令，令大笑，各扑一二人，荷枷通衢。硃批曰：‘无耻犯人某某示众。’然二氏族不悟也。”

王阮亭是山东人，所记当为不诬。这固然表明了《水浒传》手笔高超，致使“俗人传讹”，误假当真，为中国古典小说之骄傲。而“二氏族不悟也”，又岂止“二氏族不悟”？这“不悟”之文化心态，又的的确确使人骄傲不起来。

一九九四

焚琴煮鹤篇

最近读了一本《知堂谈吃》，看那“尝闻善饮者取花生仁劈为两半，去心，再拈半片咬一口细吃，当可吃三四口，所下去的酒亦不在少数矣”。真吃出雅趣来了。

“民以食为天”，吃，的确是第一要紧事。谁能离得开吃？只要可能，谁又不想尽量吃得好？不但活人要吃，死人也要吃，不闻“若敖鬼馁”乎？

似乎只有一个例外，就是王安石。“安石每食，辄尽近前一味。人谓其所嗜。他日，易他味近前，则尽食如故，是知心不在焉，食而不知其味也。”（《艮斋续说》）这记述或许是受了苏洵的影响，苏洵在《辨奸论》里说他“食犬彘之食”，言词近于丑诋。因为苏洵“恶荆公甚于仇雠”（《石林避暑录话》）。话是要打折扣听的。看来，这例外又算不得例外了。

虽然人尽喜吃，却未必善吃知味。《中庸》中就曾讲过：“人莫不饮食也，鲜能知味也。”《红楼梦》里有一道叫“茄鲞”的菜，凤姐兴冲冲地数说出一大串令刘老老摇头吐舌的作料以及烹调之法，刘老老却“白吃了半日”，“虽有一点茄子香，只是还不像是茄子。”这是刘老老不知其味，但也使人为之感叹。因为马克思说过“只有靠了（物象上）客观上展开的、人类实体的财富，才能够产生出主观的人类的感性的财富”。刘老老之所以“白吃了半日”，是她还不具有“客观上展开的人类实体的财富”，也就是说长年的贫乏的物质生活条件没法产生出她的对味的分辨的敏锐感觉来。

刘老老虽然白糟蹋了几口茄鲞，却有一句话说到了点子上。当贾母说了“我才听见凤哥儿说，你带了好些瓜菜来”时，刘老老说：“这是野意儿，不过吃个新鲜。”

儒家经典《论语》不厌其详地写道：“食饐而餲，鱼馁而肉败，不食。色恶，不食。臭恶，不食。失饪，不食。”甚至“沽酒市脯不食”“祭肉不出三日。出三日，不食之矣”写了这么一大堆，其实和刘老老说的一样，“吃个新鲜”。像《论语》讲道德学问的书，夹杂上这么些谈吃的话，似乎不伦不类，然细细一想，也唯有这些讲得最实在，起码比“子在齐闻韶，三月不知肉味”更实在。有《随园食单》精于吃道的袁枚夫子是深深懂得“新鲜”之于“味”的，他曾将味鲜用以状诗，说好诗是“味尽酸咸只要鲜”。山珍如熊掌，固为亚圣之所欲；而味之新鲜，却能使人发神经。竹笋之新，招来孟宗之哭；荔枝之鲜，博得杨妃一笑。

世上事，也真有些令人难以捉摸，就如人之嗜味，有时未必仅在于物的本身，而往往得之于别的诱因。我就有过说来难以使人相信的这类体验。我嗜蚕豆之味，是因了《孔乙己》。看书中那“孩子吃完豆，仍然不散，眼睛都望着碟子。孔乙己着了慌，伸开五指将碟子罩住，弯腰下去说道，‘不多了，我已经不多了。’直起身又看一看豆，自己摇头说，‘不多不多！多乎哉？不多也。’”这茴香豆竟是何物？如此诱人。后来弄明白了，原来是蚕豆，本是常吃的。可是也怪，自此以后，每吃蚕豆时，眼前总浮现出那些孩子与孔乙己的影像，耳边也似乎响起“多乎哉？不多也”的声调，于是，蚕豆竟别有滋味起来。

对味的感知，胃的空虚更起作用。不妨请来坡公为同调。他说：“斶可谓巧于居贫者也。未饥而食，虽八珍犹草木也。使草木如八珍，惟晚食为然。斶固巧矣，然非我之久于贫，不能知斶之巧也。”（《东坡志林》）颜斶的“晚食论”，的确经验之谈，说是“当肉”，未免简略。详言之，则是还能激发人的精神活动。挨过饿的人，大概均有体会。说来也颇有趣，肚子越是空虚，头脑越是充实，浮想联翩，诸如鸡鸭鱼肉，米面饼馍，远引若至，纷至沓来。此时如有二三挨饿伙友则更妙，同心同德，联袂神游，各以自己之所嗜，争相竞夸，证之凿凿，言之啧啧，直至难捺如火烧火燎，味之诱人，当以此际为最佳境。当然，老天保佑，最好别碰上这“佳境”。

于此，却也表明了一个道理，即物质食粮与精神食粮有一共同之处，就是都有赖于接受者的配合。艺术作品中的美，离不开读者的联想与再创造。物味之美，也离不开品尝者的胃的需求以及诱因的触发而引起的对味的想象活动。

鲁迅在《社戏》中写道：“但我吃了豆，却并没有昨夜的豆那么好。”王弇州谓李于鳞，“食品近前即不食，既移远，复飞箸食之。”（尤侗语）以李于鳞事例看，“没有昨夜的豆那么好”，恐怕原因不全在于豆。

一九九四

鸡　肋

我手头有两幅画像。

一是陈老莲画的杜甫，取其《空囊》诗意："囊空恐羞涩，留得一钱看。""阮孚持皂囊游会稽，人问囊中何物，曰：但有一钱看囊，庶免羞涩尔。"（《艮斋杂说》）杜甫用典，以状其穷。

另一幅是山东文化界前辈李士钊先生寄赠我的蒲松龄画像的照片。蒲翁着清代公服。照片背后附有数字："江南画家朱湘鳞作于济南，蒲翁本人很满意，对此装束不甚同意。"我翻了翻《蒲松龄年谱》，的确见蒲翁记有"癸巳九月，�嘱江南朱湘鳞为余肖像，作世俗装。实非本意，恐为百世后所怪笑也"。

陈老莲画杜甫，着眼于"贫穷"二字，朱湘鳞画蒲松龄，着眼于"富贵"二字。

虽然"伤哉贫也，生无以为养，死无以为礼也"，可陈老莲偏偏将杜甫置于这"伤哉贫也"之中，杜甫那"留得一钱看"的风趣诙谐，正显示出穷且益坚的人格光辉。

再看蒲松龄画像。蒲翁“有赠朱湘鳞诗云：‘生平绝技能写照，三毛颊上如有神。对灯取影真逼似，不问知是谁何人。……’”此诗足证朱湘鳞的写真技术已臻相当高度，且为蒲翁所满意。可那“世俗装”（清代公服）所显示的“富贵”气，也应该说本是朱湘鳞的“好意”，蒲翁却“恐为百世后所怪笑也”。这强加人以“富贵”，使人想起了高鹗在《红楼梦》后四十回里撺掇着贾宝玉去考举人。

杜甫像 陈老莲画

一穷一富，不仅决定着这两幅画像的画品，同时也反映出了画者的人品。

就世间讲，这“富”字本“无位而尊，无势而热”，既可通神，又可役鬼。可独独在这小小画幅中走了背字，“恐为百世后所怪笑也”。而“穷”字却大为崇光泛彩，想想岂不有趣。

再推而广之，“穷”又岂止入诗入画，更且入文，（为人熟知的就有韩愈的《送穷文》、戴名世的《穷鬼传》。）咏之，品之，赏之，赞之，成为审美对象，这不能不说是个有趣的文化现象。

更有趣的是，大概是为了抬高其身价，读书人对其称谓也不同，不直呼穷，呼之为“清贫”，在“贫”字前面加个“清”字。

可是，人有七情六欲，有生存与享乐之需求。而粗衣劣食实难使人安之若素。《柳南随笔》中就有读书人因穷而发的喟叹：

“陈在之晚年与同邑郘因仲相遇，握手道故，因喟然曰：‘吾辈垂髫相友，如昨日事，不谓一转瞬间，各已衰老若此。’因仲曰：‘不特老也，且将死矣！’在之曰：‘尔我贫苦一生，此事岂尚不免乎？’因仲曰：‘免则贫苦无已矣！’”

再看圣人门徒：

“子曰：‘衣敝缊袍与衣狐貉者立而不耻者，其由也与？’可见安贫之难，孔门弟子，仅子路一人。然子路又云：‘愿车马衣裘与朋友共，敝之而无憾。’若子路果如所愿，必先自具车马轻裘而后可。若以此愿望之朋友，则车马轻裘，子路若固有之矣。然则缊袍之人，岂忘情于车马轻裘者哉。”（《艮斋杂说》）这位清代文学家、戏曲家尤侗看得入木三分，一语戳穿了：“岂忘情于车马轻裘者哉？”

曹操兵退斜谷，军中夜间口号为“鸡肋”。杨修谓鸡肋为“食之无肉，弃之有味”。不妨做个比喻，杨修这话，很有点近似读书人心目中的“穷”字。

上半句很显然。穷又何止“无肉”，即饱暖亦恐非易事。否则清代诗人杜茶村也不会说出“人之穷，以不举火为奇；我之穷，以举火为奇”的话了。下半句“弃之有味”的“味”，则言人人殊。

为了谆谆告诫“君子固穷”，孔夫子在《论语》一书中很讲了些如“饭疏食饮水，曲肱而枕之，乐亦在其中矣”“人不堪其忧，回也不改其乐”的贫而乐的话。这贫而乐是为的什么？孔夫子说了，是“君子谋道不谋食”。是为了“谋道”。这“道”字，大概是指认识事物规律的学问。谋这学问又是为的什么？孔夫子很坦率：“学也，禄在其中矣。”是为了做官。投资的是乐道之贫，赚回的是为官之富，将贫而乐当成了用以达成目的之手段，如果把这解释为贫中之“味”，则难免有了点生意经之味。

或者，如孔夫子另句话所说：“君子上达，小人下达。”“上达”是通达于仁义，“下达”是通达于财利。通达于仁义虽贫而乐。可是他又说“富而无骄易”“富而好礼者也”。这“无骄”“好礼”岂不也近于仁义，且比“贫而无怨”还“易”得多。这就是说，达于仁义，除去饿着肚子，还可车马轻裘。更让人弄不明白的是，在同一书中孔夫子又说了“食不厌精，脍不厌细”，“狐貉之厚以居”。这一来，岂不又将贫而乐的“味”给冲得荡然无存了。

倒是戴名世直截了当。他在《穷鬼传》一文中写道：“而吾（穷鬼）能使先生歌，使先生泣，使先生激，使先生愤，使先生独往独来而游于无穷。”这歌、泣、激、愤，当指为由衷地真歌、真泣、真激、真愤。“独往独来而游于无穷”，应是指无所羁绊的心灵的自由。这“穷”就有了“个性独立”之味。

蒲松龄像 朱湘鳞画

林语堂在谈到人生的乐趣时有这么一段话："只有当社会与公务的压力消失，金钱、名誉和野心的刺激离去，精神可以随心所欲地游荡之时，我们才会看到一个内在的人，看到他真正的自我。"摆脱金钱、名誉和野心的刺激，也就是漠视名利。然而这须抑制物欲，俭以养德，须"环堵萧然，不蔽风日，短褐穿结，箪瓢屡空"（《五柳先生传》），方能获得"真正的自我"。这"穷"使人嗅到了"返璞归真"的闲适自由的生活境界之味。

为了"抉摘窈微"，潜心学业，也须心无旁骛，自甘寂寞。对此，《穷鬼传》中的"穷鬼"说得明白："韩愈氏迄今不朽者，皆余之为也。"

如谓穷之"味"，庶几乎尽此了。

可是，话再说回来，无论是"个性独立"，还是"闲适自由的生活境界"，以及潜心研求学业，在纷杂的人世生活中，必然出现精神与物质、理想与现实的诸多矛盾，"鱼"与"熊掌"不可得兼，或者就此舍彼，或者就彼舍此。《宋稗类钞》中就有一段类此的记载：

昔有一士邻于富家，贫而屡空，每羡其邻之乐。旦日衣冠谒而请焉。富翁告之曰："致富不易也。子归斋三日，而后告子以其故。"如言复谒，乃命待于屏间，设高几，纳师资之贽。揖而进之曰："大凡致富之道，当先去其五贼。五贼不除，富不可致。"请问其目。曰："即世之所谓仁义礼智信是也。"士卢胡而退。

且不问将致富之道尽归之于不义是否绝对，只说这士，当"富"敞开了大门，他却卢胡（笑）而退。这虽近于笑话，却反映出相当一部分读书人的心态：既苦于两手怒搏无术送穷；又耻于去其"五贼"之富。首鼠两端，似显可笑，惟其如此，更证安贫之艰。为了实现某种追求而抵制享乐的诱惑，这种"处涸辙以犹欢"（王勃语）的精神就尤为可贵。（再退一步讲，即如因疏懒怠惰致穷如孔乙己者，也比蝇营狗苟利欲熏心致富者更多着些人性。）正是在这意义上，"穷"被赋予了新的内涵，与高尚品格相表里，具有了审美价值。

所以，陈老莲画杜甫，喜其《空囊》。

所以，蒲松龄恶其"世俗装"，"恐为百世后所怪笑也"。

一九九四

逗狗·画狗

宿舍墙外一路之隔，是一片千余亩的菜地。每天早晨和傍晚，我总要来这菜地里闲遛。距小路不远处，有两间小屋，住着一户菜农。炊烟柴篱，鸡鸣犬吠……

就从鸡鸣犬吠的这只“犬”说起，且从这“犬”的“吠”上说起。干脆些不说“犬”，说“狗”。不说“吠”，说“汪汪”吧。这狗就拴在小屋门口，凡是有人从小路上过往，它总要“汪汪”几声。后来我觉察出独我走过时不“汪汪”。就这个不“汪汪”，竟使我的优越感油然而生，看来人的自我良好感觉是多么容易被触发。

一个骑自行车、上身穿西装的小伙子，（别看他穿西装，我一眼就看出他是地地道道的农民。）打这儿过，狗照例“汪汪”起来。这小伙子骂着脏话过去了。不一会儿，又怒气冲冲地返回来，狗又“汪汪”，他下了车，冲着在屋旁正忙活着的老汉嚷起来：“我告诉你，下回我路过时它再‘汪汪’，我立即打死它！”老汉说：“这狗拴着哩，离这么远，只是‘汪汪’，又没咬你。”小伙子说：“‘汪汪’也不行，下回它再‘汪汪’，我打死它。”一骗腿儿上了车子，余怒未息，又找补了一句：“打死它，吃肉。”我一听乐了，人为什么一到恨极了时就想到吃？古人不就有“食肉寝皮”一说么，莫非“恨”字能刺激食欲？

话扯远了，还是回到狗身上来。狗不冲着我“汪汪”，我觉着是给了面子；狗冲着那小伙子“汪汪”，他觉着是受了欺侮，岂不是在心态上有些共通？岂不都是在抬高这畜生？或是自我掉价？人这万物之灵，为了豆粒大的一点儿自尊感，竟弄得人和畜生不分了。

三年前，我住在保定。也是每天早晚去野外散步。中途经过几户农家，有一家门口正好对着大路，这家也养着一只狗。这狗长相特别，远远看去像是四只眼。大概它仗恃着这副得天独厚的尊容，脾气也极乖戾。似乎门前那段大路成了它的领地，对过往行人，不仅“汪汪”，还要蹿到大路中间撒野。看它那张牙舞爪的凶相，出于憎恶，也出于自卫，我顺便捡起砖头砸了过去，本想把它砸跑也就算了，岂料更激怒了它，从此认准了我，定要与我不共戴天了。这畜生像是能掐会算，每当我走到那儿，它就在恭候了。于是，一阵“汪汪”，一阵砖头，天天照例，却也胜负难分。

有一次，我再也忘不了这一次，歪打正着，一砖头击中了它的嘴。看它那摇头晃脑、惨嚎而又暴怒的样子，我开心极了。没想到这一歪打正着，竟改变了我的心态。对这狗原本是厌极了的，却忽焉生出了个“趣”字。将小比大，看来人对事物的或好或恶，往往取决于是否占了便宜。我想再占它的便宜，热切地盼着再次击中它的嘴。一日不见，反而有些怅然若失了。

心态还有一个变化。原先出之于厌恶，就手捡起砖头砸了出去，是那么坦坦荡荡，顺理成章。可自从有了这个“趣”字，有了寻开心的念头，却添出了个“怕”字，不是怕那狗，是怕狗的那家主人了。更确切地说，是怕被那狗的主人给瞧见。怕归怕，狗嘴还是要砸的。当然，在投出砖头的同时，总不免环顾左右，偷偷摸摸，有做贼心虚之感。

又有一次，在远处有一只狗像是被惊吓，倏地逃跑了，绕成弧形躲着我。我想，这狗犯啥病了？我目送着它，它一直跑进那户人家。原来是我的对手，那只四眼狗。忽地，它又从门里探出身子，冲着我放肆地“汪汪”起来。我感到胜利的喜悦，它终于怕了我。可这畜生竟似颇晓兵法，知道不利则避。有了仗恃又立即神气起来，可说是货真价实的“狗仗人势”。其实也有人仗狗势的，打猎的人应算一例。据西方报载，有专为人遛狗谋生者，在我们这里，狗贩子也正方兴未艾。古语说：“民以食为天。”看来岂止人仗狗势，且以狗为“天”了。

现在想起来仍心有余悸。不是那只四眼狗，是另外一只大黑狼狗。我正走进村口。这村口，南边是墙，北边是土崖子，窄窄的路像在峡谷中，一只大黑狼狗大模大样地从村里走进这峡谷，我和这畜生正好狭路相逢。我瞅了瞅脚下，竟连一块小砖头都没有。回避？没地方可绕，再说哪有人给畜生让道之理。先自怯了，可能更坏。我捏着一把汗，硬是装出沉着凛然的样子迎了上去。可这畜生不为所动，照样大模大样地走来。只有三丈远了，只有两丈远了，怎么办？一丈远了，眼看就要撞在一起了，我急得要跳上崖子去躲了。倏地，吓了我一跳，一道黑影，这畜生蹿上了崖子。我如释重负，长吁一口气，感到了背上的汗意，不由得骂了一声：“妈的，真狡猾！”因为只有在这时我才明白了这狗原来和我一样，也有个“怕”字，可却几乎瞒过了我。骂过之后，我又笑了，“兵不厌诈”，我和这狗在玩着同一把戏。我骂它狡猾，我岂不是也狡猾。只是它功亏一篑，让我占了上风。

狗的某些表情，譬如奴颜婢膝，简直令人作呕。一个小伙子从路的右方走来（大概是狗的主人），一只狗从路的左方斜穿马路相迎。不

是走，也不像爬，是肚皮、四肢、下巴紧贴着地，浑身酥软得像是没了骨头，急剧地扭动着蹭了过去。尤其画龙点睛的是不能自禁地一路淅淅沥沥地撒出尿来。这表演，竟然浑身都是戏，如此全力以赴，如此淋漓尽致，如此无所顾忌。而受着各种观念约束的人，纵使最善拍马者，也总难免忸忸怩怩，遮遮掩掩。这也正是人之所以为人吧。

正是这只狗，引起了我的画兴。

第一幅是：一个人穿着破烂衣服，一只狗向他狂吠。

第二幅：这人换成西装革履，狗向他摇尾乞怜。

第三幅：这人上身是西装，下身又穿上原来的破烂裤子，这狗不知是狂吠好，还是摇尾乞怜好，给弄得无法表态了。

然而，我又无以自解。狗真的欺贫谄富？虽然老百姓中有如是说，“狗眼看人低”，“狗咬穿破衣服的”，可是，如上面说过的那个要吃狗肉的小伙子不就穿着西装？不仅阔，而且洋。而另一只狗的谄媚相，却又简直像真的有意识有目的之所为。狗会思维么？如果会，是否也和人一样蝇营狗苟？“汪汪汪汪”，狗话人听不懂，没法问。只好糊涂着了。可有一点很清楚，谄媚拍马，古今中外，总是不乏其人，却未听说不乏其狗。看惯了人，再去看狗，是否有涉以人之心度狗之腹之嫌？古语说：“画虎不成反类犬。”是否成了画犬不成反类人？

我逗狗，胜利了；我画狗，八成是失败了。

一九九四

画、话锺馗

方成兄画锺馗，是两锺馗对打。题跋是：“相持不下，两个锺馗打架，胜负看来分明，可是难说，哪个是真？哪个是假？”

画真、假锺馗，恐自方成始。与真锺馗对打的假锺馗，不言自明，定是对立面，锺馗的对立面，无他，鬼也。

这鬼不露鬼相，以假乱真，真“鬼”得可以。然而我却更佩服它之敢于和真锺馗相斗的拼命精神，应算是鬼中之雄了。

令人忍俊不禁的是题跋的末一句：“可是难说，哪个是真？哪个是假？”看来那小鬼不但有着锺馗气，锺馗当也有着小鬼气。你身上有我，我身上有你，真锺馗不全真，假锺馗不全假。一旦假锺馗斗败真锺馗，假锺馗也就想当然地成了真锺馗。“假作真时真亦假”，真真地“可是难说”了。

我也曾画过锺馗，是“锺馗捉鬼”的老套数：山石僻处，两个小鬼蹲踞在地捕捉蛐蛐。眼看蛐蛐即为掌中之物，一副鬼脸眉开眼笑。

可却再没料到，背后悄悄闪出锺馗，跃跃欲攫了。这画的下个场面，很可能：两小鬼屁滚尿流逃之夭夭；或是锺馗俎上之肉。“螳螂捕蝉，黄雀在后。”不知可望博得一哂否？

借锺馗捉鬼，更表露出人的心智。古书载：“唐明皇病疟，昼梦一大鬼，破帽，蓝袍，角带，朝靴。捉小鬼啖之。自称终南进士锺馗。”锺馗竟也是“一大鬼”。以鬼对鬼，知己知彼。庖丁解牛，游刃有余。这一手委实厉害。

可又因同属鬼籍，有息息相通之处，对了劲，又沆瀣一气起来。这早为戏曲家窥出苗头，弄了一出《锺馗嫁妹》。前呼后拥，舞之蹈之，锺馗小鬼一变而为“坐轿子的”与“抬轿子的”。这未免使人担心，假如其中一鬼再鬼性复发，弄出点儿什么祸祟，依法欤？徇情欤？锺馗恐要大费斟酌了。

如果有的鬼效颦人世……这一点为詹同猜中了，画了一幅小鬼搔背图，锺馗果然给掐得浑身舒坦，乐不可支。人鬼同心，心同一理，这其乐融融既然人间有之，何独鬼无？难道只许“人”放火，不许“鬼”点灯乎？

立民有一册页，要我题诗，翻开一看，恰又是詹同画的锺馗与小鬼。这回却一反其初，是锺馗厚着脸皮替小鬼搔起背来。“‘鬼’别三日，即当刮目相待。”十年河东，十年河西，感之慨之。

感之慨之，却又不得其解之，我只好诌几句打油诗：

此画怪哉真怪哉，

锺馗拍起小鬼来。

前后颠倒为底事？

倒要老包猜一猜。

立民要我题诗，无异赶鸭子上架，甩出谜语，虚晃一枪，以攻为守也。

去年，在安徽一民宅中，见一画，甚有趣，是锺馗照镜子，如此丑脸，竟也顾影自怜，令人喷饭。细细一想，又不足为怪了，岂不闻“敝帚自珍”之说？我不知这画家是借锺馗打鬼、还是借锺馗嘲人？

锺馗虽为一丑鬼，却有一漂亮妹子，一丑一美，相得益彰。周作人书中引有一则明人故事：

锺馗生日，妹差一鬼挑担送礼。一头是酒，一头是一个鬼捆作一团，外附一封信云：

酒一坛，鬼一个，

送与哥哥做点剁。

哥哥若嫌礼物少，

连挑担的是两个。

馗阅信毕，便命将两个鬼都送厨房。捆着的鬼对挑担的鬼说道：

“我是没有法子，你何苦挑这个担子？”

这鬼问得好，言简而意无尽，真可补入《阅微草堂笔记》了。

本是人云亦云，谁也没把锺馗当真儿。可顾炎武氏偏偏认了真，郑重考据起来：“齐人谓椎为终葵。马融《广成颂》：挥终葵，扬关斧。盖古人以椎逐鬼，若大傩之为耳。今人于户上画锺馗像，云唐时人，能捕鬼者，玄宗尝梦见之。事载沈存中《补笔谈》，未必然也。”（《日知录》）锺馗竟是个物件——椎。这顾氏的“未必然也”实在有点煞风景。

一九九五

“心领神会”虑难企及

画贾宝玉，画着画着想起一篇文章：《曹雪芹独特的妇女观》。

“女儿是水做的骨肉，男人是泥做的骨肉。我见了女儿便清爽，见了男子便觉浊臭逼人！”

“必得两个女儿陪着我读书，我方能认得字，心上也明白。不然，我心里自己糊涂。”

“这‘女儿’两个字，极尊贵极清净的，比那阿弥陀佛、元始天尊（一作‘瑞兽珍禽、奇花异草’）还要尊荣无对的呢！你们这种浊口臭舌，万万不可唐突了这两个字，要紧、要紧！若使要说的时候，必用净水香茶漱了口方可，设若失错，便要凿牙穿眼的。”

这是冷子兴、贾雨村转述的贾、甄二宝玉的话。该文谓之曹雪芹（与宝玉合二而一了）的“独特的妇女观”“真正配称‘革命’的妇女观”，概然于“人们听了此言，真能心领神会、折服称快的又有几人”？

“称快”有之，“心领神会”则虑难企及。

顾名思义，“妇女观”，无论是何“立足点与出发点”，无论“由谁的眼光来作尺码”，其所涉及，当是所有妇女。

可贾宝玉却又说了：“奇怪，奇怪！怎么这些人只一嫁了汉子，染了男人的气味，就这样混账起来，比男人更可杀了！”

守园门的婆子似乎听懂了他的意思，问：“这样说，凡女儿个个是好的了，女人个个是坏的了？”

贾宝玉说：“不错，不错。”

可是男大当婚女大当嫁，哪个女儿不嫁汉子？薛宝钗不就嫁了贾宝玉这汉子？林黛玉也想嫁，没嫁成。除了出家的妙玉和待出家的惜春，无论史湘云或是贾探春以及尚未嫁汉子将来又定要嫁汉子的“女儿”们，岂不都要或将要“混账起来，比男人更可杀了”？

一九九五

家乡话

人看不见自己的后脑勺，也听不准自己的话音。正唯如此，就像一个从来没照过镜子的人，看到谁都会觉着自己长得和谁一样。当然，这个“谁”，应是年岁相仿的同性，尤其是形貌端正者。每当我和讲普通话的朋友对谈时，总觉着彼此话音相差不多，这种自我感觉很有点像辛稼轩，“我见青山多妩媚，料青山见我应如是”。

我终于照了镜子。几年前在方成兄家，大伙山南海北谈兴正浓，隐约听到隔壁也有嘈杂之声，其间杂有一高嗓门，粗、沙而倔，句后还拖着一条尾巴。我光顾了说话，起始未暇留心。忽然迸出了一句使我讶然，似乎是我刚刚说过的话，我懵懵懂懂地问了声是谁？大家哄笑起来，我也随即憬悟：是录音，是我刚才的话给悄悄录下来了。这是我平生首次听到的我的说话的录音。老天爷！我这才从录音的“镜子”里瞅见了我的话语的“尊容”。这正像古书上说的“新亭伧父，一往扬州，逢人共语，语便态出”。朋友笑，我也笑，并自我解嘲说：

“此乃本色，不闻‘唯大丈夫能本色’？”

不少人问，你出外几十年了，怎么还是满口家乡话？我说：朽木难雕。除了“朽木”，还有一原因，说来恐怕有人未必相信了，是小时听到的一则笑话：有一人在城市里混了几年回到家来，大伯问：“啥时回来的？”答：“昨儿晚上。”大伯听着不顺耳，打了一巴掌，那人立即改口说：“夜里黑家。”一巴掌把家乡话打出来了。这巴掌也真颇具威力，竟使我为之凛然。顺便声明，我复述这笑话，并非要和推广普通话唱对台戏，实是实话实说，是吴越王作乡里之音，而长老尽欢之意。

读《两般秋雨庵随笔》，见录有《抱朴子·讥惑篇》，谓“有转易其声以效北语，既不能似，可耻可笑。所谓不得邯郸之步，而有匍匐之嗤者”。这堪为那笑话的同调了，只是没有那一巴掌来得干脆。“既不能似”，固然“可笑”，未必“可耻”，但又何以言“耻”？想来存心于厚，含糊其词了。随园《卮言》诗：“满口杂夷夏，唇齿皆王侯。”彼时王侯大多北人，效北语，实则是冲着显贵尊荣去的。口操北音，也就俨然乎高人一等了。这种自我满足，想来当也过瘾。不是连阿Q都说他也姓赵？

记得二十年前回到家乡，晚饭后天色已黑，我在门外场院里闲遛。突然远处有一黑影大喝一声：“谁？”我说：“我。”那黑影凑近了几步：“你是干什么的？”我也顶撞了过去：“你是干什么的？”再顺便说一下，并非我好使气，实因那时正以阶级斗争为纲，“斗”字当先，在某种情况下，往往是硬了沾光，软了吃亏，说白了，是要带点“唬”劲。于是两硬相撞吵嚷起来，可能是麻秸秆打狼——两怕，那黑影终于罢战收兵。第二天中午，母亲说：“刚才东院的公月他娘来了，说夜里黑家公月跟你吵了，他听话音蛮声咯啦的，不知是你。一会儿他还来看你哩。”这公月本是我小时候同学，没想到在黑影里唱了一出“三岔口”，更没想到起因竟是我的“蛮声咯啦”，“噫吁嚱！”我的话已非家乡话的原装货了。

“南齐胡谐之贵宠，上欲奖以贵族盛姻。以谐之家人语傒音不正，乃遣宫内四五人往谐之家教子女语。二年后，帝问曰：‘卿家人语音已正未？’答曰：‘宫人少，臣家人多，非惟不能得正音，遂使宫人顿成傒语。’”可见语言环境潜移默化的力量之大。说句粗话，是“河心撒尿，顺了大溜”了。

以我在场院里吵架之例，以胡谐之之例来看，贺知章的《回乡偶书》一诗未必没有可商榷之处了。既“少小离家老大回”，当是岁月漫长。似此，怎能不受到外乡语音的影响？既杂有了外乡语音，又怎能说“乡音无改”？

酒是久而弥香，家乡话是远而弥亲。有一次在街上见到一家烧饼铺，卖的是山东烧饼，我上前买烧饼。“你是哪里的？”“曹州府的。你是哪里的？”“聊城的。”“咱们离得不远，是老乡。不不不，不要钱了，再拿几个烧饼去。”多亲切，不只亲切，直是慷慨了。

和几位文艺界朋友聚饮，蓝翎在座。我说：“老兄是河南人？说的倒像俺们山东话。”他说：“曾下放到河南过，我就是山东人，单县。”我一听来了神儿，抓起酒瓶各斟了一大杯。我说：“我有个小学同学，他说后来在山大和你也是同学。”我说了姓名，他说：“是，外号叫张大鼻子。”又于是抓起酒瓶各斟了一大杯……后来我曾看到照片，脸红得像关爷，豪饮之兴，能谓与家乡话无关？

家乡话不仅可以佐酒，且能入戏。为人熟知的京剧《霸王别姬》就将乡土语音精雕细刻了一番。不过在这戏里乡音的亲切劲没有起了好作用，引起的是军心涣散。这在《史记》里也记载着的：“夜闻汉军四面皆楚歌，项王乃大惊曰：‘汉皆已得楚乎？是何楚人之多也！’”项王悲歌，泣下数行。区区乡土之音，却关乎着征战的成败利钝。

一九九六

题詹溶画鸡

记得在农村中，每逢过年，家家都要请灶王爷。在集市的摊子旁，断不了有人问起：是几口的灶王爷？“灶王爷”，除了灶王和灶王奶奶，还有几个仆役之类，有趣的是，这仆役行列的末尾，总有一鸡一狗。仆役可多可少，而鸡狗却不可或缺。买灶王爷的人们所问的“几口”，是包括鸡和狗在内的。

与天爷、地藏、财神、菩萨相比，独独灶王爷有着人间烟火气，所以如此者，别无他，就是因为有着一鸡一狗。

神是按照人摹写的，灶王爷神像上的鸡狗，反映了庄稼人和鸡狗的至切关系，反映了庄稼人对豢养鸡狗所意味着的丰裕生活的向往。

老子说：“鸡犬之声相闻，民至老死不相往来。”早在两千年前，人和鸡狗的缘分就远远超过了自己之间的人际关系，人可至死不相往来，和鸡狗却不能不与之相处。证之灶王爷，这缘分可谓是源远流长的了。

人的或爱或憎，总脱不开个“利”字。列为“六畜”的鸡狗，狗虽无助于农事，却是护家的好手，尽忠尽职，敏于视听，纵使夜黑如漆，也能明察秋毫。公鸡司晨，可敌闹表，母鸡下蛋，源源生财。农家小学生的纸墨笔砚，家常日用的油盐酱醋，大多是由蛋换钱买来。

庄稼人有穷有富，有的虽养不起牛马，却总可喂得起鸡狗。东村西庄，南邻北舍，此伏彼起，相与争喧，一片犬吠，几声鸡啼，给穷乡僻壤添出几许热闹。一个村落如果没了鸡犬之声，不知死寂冷清到什么样子。或者说，这村落简直不像有人烟的村落了。大概《神仙传》里的淮南王也有感于此，学道成仙，举家升天，还不忘记带上鸡狗，使犬吠于天上，鸡鸣于云中。

我自幼生长在农村，与鸡狗朝夕相处，食则共分，嬉则相伴。今见詹溶画鸡，想他出身农村，对鸡之喜爱，当与我同。而他不画狗独画鸡，想其对鸡之喜爱更胜于狗，是情有所钟了。

詹溶画鸡，却也引起我几句唠叨。

我忽有所悟：这禽类之中，百灵，画眉，舌如簧鼓，啁啾百啭。鹦鹉，八哥，学舌人语，酷肖逼真。妙则妙矣，巧则巧矣。论起音随情转、遇境而化、意蕴不尽者，当以鸡声为最。陶渊明诗云：“狗吠深巷中，鸡鸣桑树巅。”这田园景色的恬静澹远不是得之于狗吠鸡鸣？！

而陆游的“鸡犬相闻三万里”，使人想起“八千里路云和月”。黍离之悲，陆沉之哀，难怪诗人泪眼以对夕照了。

温庭筠的“鸡声茅店月，人迹板桥霜”，更多着的是空明、冷寂。

翻开《诗经》，更早的诗人听出了鸡声中的“凄凄惨惨戚戚”，“最难将息”，因而唱出了“风雨如晦，鸡鸣不已”。

毛泽东《浣溪沙》中的“一唱雄鸡天下白”，竟硬语盘空、气冲牛斗了。

如果将公鸡母鸡比之人之男女，这公鸡更懂得对异性相爱相护。我不止一次地看到过，当公鸡一旦发现了虫子之类的美味，总要守护在侧，喔喔高呼，召唤母鸡来食，那神气，颇有些像西方所谓的“骑士风范”。孟夫子慨然于“人之所以异于禽兽者几希”。在这公鸡之前，人中之大男子主义者能不因“人之所以异于禽兽者几希”而愧煞，不仅如此，祖逖起舞，兖州刺史与之对语，这鸡更进而励人以志，启人以智。詹溶画中之公鸡，挺然高视，雄姿英发。赞之誉之，情溢笔外，想其也有同感于兹。

当然，鸡也并非全无瑕疵。比如“鸡鸣狗盗”，这行径就摆不到桌面上来。

《卜居》：“宁与黄鹄比翼乎？将与鸡鹜争食乎？”这与鹜争食，就令人不敢恭维了。

可是，人无完人，难道能要求鸡有完鸡？

一九九五

“文有不通而可爱”

张岱的《湖心亭看雪》甚是好看。

> 天与云与山与水，上下一白，湖上影子，惟长堤一痕，湖心亭一点，与余舟一芥，舟中人两三粒而已。

只一白、一痕、一点、一芥，冷寂空旷毕现，用笔再是简约不过。而“舟中人两三粒”，使人想起清人张潮的话：“貌有丑而可观者，有虽不丑而不足观者；文有不通而可爱者，有虽通而极可厌者。”

“舟中人两三粒”，文有不通而可爱。

它有点像大街上以广招徕的霓虹灯。霓虹灯的最突出的特点是明灭交互。因了那“灭”，使灭后的“明”更明，而反复不停地明明灭灭，色彩不仅愈显斑斓，其忽隐忽显、忽进忽退，且似活了起来。

霓虹灯之妙，在忽明忽灭。

为文之妙，在似通非通。

“舟中人两三粒”不妨试改为“舟中人两三个”，“个”字为量词以指“人”，在字面上似更讲得通。或则省去一字，为“舟中人两三”。通则通了，简则简了，却成了明而不灭的霓虹灯，虽有光有色，已是平板呆滞，了无生气。

“粒”字就字面讲，作为量词本用以指“物”，譬如豆、谷。用以指“人”，显然不类。

然而，在这特定的句式中，这不伦不类反使它飘忽不定，似量词；又似状语，恍兮惚兮，闪闪烁烁，给“两三人”罩上“粒”的影子：瑟缩蜷曲如豆如谷之状，而“渺沧海之一粟”了。

这使我想起了一个孩子的话。

是刚刚牙牙学语的幼儿，他母亲抱着他看电视。看了一会儿之后，突然挣扎着要走，母亲问他为什么？他一字一顿地大声说：“看——饱——了！”人们齐声哄笑，“看”怎能与“饱”连在一起，当然是笑他这话的匪夷所思，也当然听懂了他的意思，是看腻烦了。可细细一想，这在字面上不通的“饱”字似又的确胜似那通的“腻烦”，因为腻烦尚能强忍，饱则使之欲呕了。

这“看饱了”与“舟中人两三粒”，何其相似乃尔！

想来不有趣么，一出自著作等身的文人笔下，一出自牙牙学语的孩童口中。难怪人说，事物的两个极端，往往搅和在一个交叉点上。

似通非通，实则是在“比喻”上做文章。“非通”是比喻的荒谬的一面，“似通”是比喻的合理的一面，两者相反相成，出乎意料之外，在于情理之中。

然而，过犹不及。比喻，往往系成败于毫厘之差。过了，使人懵然不解；不及，似乎是惠施的话，“弹之状如弹”，说了等于没说。

一九九五

《庄子》注郭象

“宰予昼寝”，就是“宰了我，也得白天睡觉。”这是一个笑话中说的。中国字的多义性与“将以反说约也”，的确有时像三岔路口，往哪走都通。

除了笑话，还有正经的。

古人讲了：“宰予昼寝”是宰予在白天睡懒觉，被孔子看见了，说他：“朽木不可雕也，粪土之墙不可圬也。”《四书评》谓之“词切而使之儆”。

又有古人（还有近代学者）讲了：“宰予昼寝”的“昼”字应为“画”字（繁体的昼、画二字相近），是“宰予画寝”，宰予在卧室的墙上画画，孔子批评说，“朽木”和“粪土之墙”即使涂画得再漂亮也是虚有其表。

再看“文化大革命”中北京大学哲学系一九七〇级工农兵学员《〈论语〉批注》：

“宰予白天睡觉遭到孔老二破口大骂，说他像‘朽木’‘粪土’一样，不堪造就。这是对宰予的无理训斥。孔丘为复辟奴隶制所贩卖的那一套东西在当时行

不通，这使宰予受到教育，思想发生变化，发表过不满周礼的一些议论，对周礼的三年之丧提过反对意见，对孔丘的‘仁爱’说教表示怀疑。现在，他又对孔老二的反动说教不感兴趣，干脆在上课时睡起觉来，孔老二恼羞成怒，借此机会把他大骂一通。”

《论语别裁》一书则作如是解释：“宰予昼寝”是因为宰予精力不支才打盹睡觉。“朽木不可雕也，粪土之墙不可圬也”不是贬斥，是说他身体底子太弱。“于予与何诛”，对宰予不必苛求了。

眼花缭乱，可真难为了读书不多的人。

今又见《今晚报》吴小如的文章，该文指出：“令人吃惊的是，近读《中国古代禁忌风俗》及《传统小说与中国文化》，竟然把‘宰予昼寝’讲成‘白天与妻子行房事’。”

宰予千不该万不该“昼寝”，一寝竟入五里雾中；似又千该万该“昼寝”，像镜子，照出了注解者的“我”。

郭象注《庄子》？《庄子》注郭象？

看《剜蔓菁》

皮影戏：偷剜蔓菁的汉子躲在门里，被偷的老汉站在门外。

“蔡留。”

“人没在。”

“人没在，谁在应声呢？”

“人去地里剜蔓菁去了，把声丢在屋里看门哩。”

“你再不要剜我的蔓菁，你看我老汉是个穷人。”

“你穷，谁把你给连累的来？”

“娃子，话可不能这么说。”

“咋说？”

“我看，走！”

“上哪里去？”

“到街上评理去。”

“老人家不用去了，就把‘理’放在我这门道道子上，就把你舌战群儒了。”

“你剜我的蔓菁还有啥理说？”

“哎，你且听了……前思量，后盘算，无奈做贼把菜剜。纵使你老人家看见了，你打你骂我不言传。也不是得财伤主汉，也不是害了人命牵。也不是拆散人婚姻，也不是谋赖人庄田。也不得打，也不得骂，也不得收牢坐禁监。不信你老人家睁眼看，皇上家散粮为穷汉。你老人家回家转，剜了你蔓菁比屁淡。”

这使人想起司马牛问君子。子曰：“君子不忧不惧。”曰：“不忧不惧，斯谓之君子已乎？”子曰：“内省不疚，夫何忧何惧？”

看来孔老夫子的“内省不疚”不仅适用于君子，也适用于无赖。

对这又赌又偷的懒汉，皮影戏的光碟说明词是这样讲的：“关中大旱，穷汉蔡留夫妇，度日艰难，为保性命，蔡留到地里偷富家（也是穷人，说成富家何故？）蔓菁，被主人发现，追至家门。蔡留唇枪舌剑，一番道理使主人心软发善。”

明明是油嘴滑舌无理搅理，竟说是“一番道理”；似仍言不尽意，复喻以“唇枪舌剑”，大为“偷”字扬眉吐气。黑、白转色，令人不得其解。不解而妄解之，不能不想起已被淡忘的一句话：亲不亲，阶级分。

鬼心叵测

画《锺馗捉鬼图》：小鬼盯着蛐蛐；锺馗盯着小鬼。取意“螳螂捕蝉，黄雀在后”。

悬之于壁，瞅来瞅去，忽又瞅出了另个意思：锺馗盯着的又安知不是蛐蛐？试想，一只上好的蛐蛐可卖到上千元。俟小鬼捉得，以赃物没收之，有何不可？捉了那小鬼何如放了那小鬼。再捉蛐蛐，再以赃物没收之，岂不是大大的生财之道？

作如彼解？作如是解？我画的画连我自己也解不了了，却也难以怪我。不闻古书云：唐明皇病疟，昼梦一大鬼，自称终南进士锺馗。他竟也是“一大鬼”。鬼心叵测，我又奈何。

“郁郁乎文哉”

——借自《论语》

浏览刊物，见封二右上角有一列名单，前附说明：“以姓氏笔画为序。”像往常一样正要翻看下页，想起别的刊物上也有类似名单，说明是“排名不分先后”云云。忽来兴致，将这俩说明比较开来。我认为“排名不分先后”直话直说开门见山，“以姓氏笔画为序”委婉含蓄，却又不无麻烦。比如，总要挨个儿把姓氏笔画数上一遍吧，数过之后总要比量吧。再说如碰上两个或三个同一姓氏的怎么办？或是两个不同姓氏而又笔画相等的怎么办？

是“排名不分先后”的“先后”二字惹来的麻烦。名单上的顾问或编委是刊物邀请的客人，应待之以礼。可是彼此的身份是半斤对八两，把谁排在前，把谁排在后，实在是个难题。正是这难题，恰好显出了写说明的先生的聪明才智，一句“以姓氏笔画为序”给摆平了。可是百密一疏，顾问或编委们未必在乎排名的或先或后，可经这么一说明，反而意味着顾问或编委真的有点儿在乎的意思了。

“以姓氏笔画为序”使我想起了“以辈分为序”。十多年前，我回了一趟家乡，因家庭纠纷请来村长调解。村长原是我小时候玩伴的儿子。吃中午饭时，炒了几个菜，一壶酒，表示“意思、意思”。我请他坐上座，他要我坐上座。让来让去，村长说了：“按官面上的规矩，论干部，我坐上座。今儿咱们论的是乡亲，你是大伯，你坐上座。”我说：“那我就僭越了。”他才几天不当老百姓了，说话的声腔就变了味了。橘之为枳，水土使然。

其实，在“先后”上古人倒不拐弯抹角，颜真卿的《争座位帖》毫不含糊地冠以“争”字。《古今谭概》中有一记载：史思明作樱桃诗：“樱桃一篮子，半青一半黄。一半与怀王，一半与周贽。”群臣奏请：圣作高妙，如把“一半与周贽”句移到上面就更协韵了。史思明一听大怒：“我儿岂可使居周贽之下。”（叶梦得《石林避暑录话》谓樱桃诗为安禄山作。据《唐书》朝义即怀王，乃史思明之子，是《录话》张冠李戴了）。

史胡儿作诗，犹如窑姐翻经，穷汉摆阔，贻人以笑柄。清人戴名世有一诗更谑而近虐：“一篮樱桃半青黄，杂种吟成杂种章。颠倒肯教诗有韵，怕先周贽后怀王。”

“怕先周贽后怀王”，这话要看怎么去理解了。假如换一个思路，史思明恐亦未必无有说辞。试想怀王是啥身份，周贽是啥身份？一公侯，一臣仆。尊卑之分，亲疏之别，先后之序，关乎礼，关乎德，关乎齐家治国。先圣后贤，言之谆谆。“我儿岂可使居周贽之下”不正是响当当的硬道理？而群臣的“协韵”岂不是“东向而望，不见西墙”，为“协韵”而颠倒了尊卑先后之序，岂不是乱了乾坤。用现代的新词来套一下，史思明着眼在“政治性”，群臣着眼在“艺术性”。当然，凡事不能刨根问底，如问史思明就真的那么遵守尊卑之序，鬼才信哩，“安史之乱”四个字就戳穿了他的老底儿。

家喻户晓的《水浒传》里的好汉们，打打杀杀出够了鸟气，估摸着也要快成气候了，也想起排座次来。弄来一块大石头，把一百零八人的名字写在上面，而且是不易辨识的蝌蚪字。埋到地下，而后再挖出来，当众将石头上的名单念一遍，先后次序就算排定了。这八成是从董仲舒的“天人感应”得来的启发。

圣人的教化无远不往，无深不至，不但强盗，且及于草木。《昨非庵日纂》有一段文字：“桃符仰视艾人而骂曰：‘汝何等草芥，辄居我上’。艾人俯而应曰：‘汝已半截入土，犹争高下乎？’桃符怒，往复纷然不已。门神解之曰：‘吾辈不肖，方傍人门户，何暇争闲气耶！’”

不知外国报刊中有没有“以姓氏笔画为序”，如有，则化及外域，世界大“同”了。

二〇一二

坟的故事

老百姓没读过“慎终追远，民德归厚矣”，却知道清明节上坟。

是前些年的事，我居住的宿舍小院的墙外是庄稼地、菜地，与远处的村庄遥遥相接。我几乎天天都来这里遛弯儿。每逢清明节，菜地里的大路、小路上，到处是一堆堆纸灰，绕着纸灰画着一个圆圈儿，圆圈儿还留有个缺口。我曾问菜农：“这是干啥哩？”他说：“上坟哩。”我问：“为何不去坟上烧纸？”他说：“你看看四周，哪里还有坟啊，都给铲平了。”我问：“画圆圈儿是啥意思？”他说：“张家烧纸李家烧纸，不画上圆圈儿弄混了怎么办？圆圈儿还要留个缺口，是‘出口儿’。我再告诉你，还要有个信封，写上祖先或死去的爹娘的姓名，和烧纸一起烧了，到了阴间，谁家的就是谁家的，再也错不了。唉，没有坟了，才想出这法子。”我说：“这不是和人世间的邮局汇款一样了。”他说：“同志，你比方得蛮对。”我真佩服老百姓的想象力与创造性。现代尖端科学最多是探测月球，可老百姓竟然阳世与阴间通邮了，按新词说是“接轨”了。

仍是前些年的事，在这片菜地上说是要修建电视塔了。钻探机忙活起来了，一些农民更忙活起来了，三五成群，焦急万分，抡起镐头、铁锨，这里刨刨，那里挖挖，道是为何？是寻祖坟。如若祖先的尸骨被埋在了铁塔底下，岂不是和孙猴儿被压在五行山下一样，何年何月才能翻身。农民急得要死，可是偌大一片菜地，往哪儿去找；我本不耐寂寞，喜看热闹，也跟在那些急得要死的农民屁股后面转来转去。

一天，一伙扛着镐头、铁锨的农民汉子如众星拱月前呼后拥着一个穿军便服上衣的农村老太太和我擦肩而过，正好听到她的一句话：“你们这么找，一辈子也找不着。”嘿，这可是个高人。我凑了上去，她又说了：“你们先回去，准备点烧纸。千万要记住，不能喝酒，不能和媳妇同床，明儿早八点半带上烧纸在路口碰头。”

这大大激发了我的好奇心，按时到达，拭目以待。“军便服”老太太这儿走走那儿走走，东瞧瞧西望望，间或皱眉凝思，终于指着脚下说：“在这儿烧。”那农民汉子立即掏出打火机点着了烧纸。纸灰四处飘扬。“军便服”老太太盯着一片纸灰，指着那纸灰落下的地方说：“在这儿挖。”那几个农民弯腰弓背竞相抡起镐头、铁锨。一尺深了，一尺半深了，快二尺深了。“军便服”老太太说：“别挖了。”往前走了两步说：“在这儿烧。”又烧起了烧纸，她仍盯住一片飞舞着的纸灰，一俟纸灰落地，说：“在这儿挖。”又是抡起镐头、铁锨。

一尺深了，一尺半深了，快要二尺深了。“军便服’老太太忖度有顷，说：“别挖了。”又继续往前走去。就这样烧纸、刨坑。反反复复，眼看快晌午了，“军便服”老太太指着那又快有二尺深的坑说：“接着往西挖。”于是又往西挖，挖成了长长的壕沟，仍不见棺材的影踪。我看得累了，大失所望了，忽又幸灾乐祸起来，点着烟，边抽边瞅老太太。她像是窥出了我的心思，有板有眼地说：“看来今儿上午是不成了。知道不？你们的祖先今儿逗咱们玩儿哩，和咱们捉迷藏哩。”

题葫芦

友人画葫芦，要我题跋，我谓题“虚怀若谷”固佳，题“腹内空空”亦不谓不可，苏轼诗云“横看成岭侧成峰”，世上事大多类此。质之高明，是欤，非欤？

“不要脸”画赞

“知耻近乎勇。”不知耻尤近乎勇。

故俗语有云：“小胆的怕大胆的，大胆的怕不要脸的。”

厚黑教主更慨然言之：“我读史至司马懿受辱巾帼、甘之如饴的故事，不禁拍案大叫：天下归司马氏矣！”

举一大白

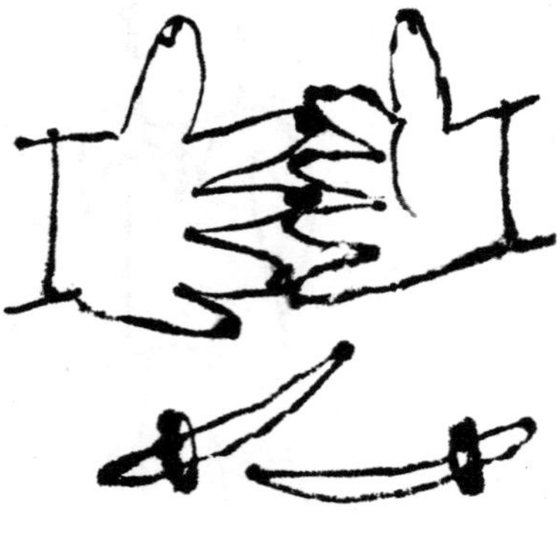

吕豫石司农为选郎时，其座师以私托之，不应。其人与高阳孙公言及，怒詈之。高曰："知君有好门生，故以此相夸也。"（周亮工《书影》）

这使人想起"舌战群儒"一语。用舌如用兵。用兵善之善者，不战而屈人之兵。高之答语，其如是乎。

似曾相识

读《世说新语》："王绪数谗殷荆州于王国宝，殷甚患之，求术于王东亭。曰：'卿但数诣王绪，往辄屏人，因论他事。如此，则二王之好离矣。'殷从之。国宝见王绪，问曰：'比与仲堪屏人何所道？'绪云：'故是常往来，无他所论。'国宝谓绪于己有隐，果情好日疏，谗言以息。"

王东亭的"术"，"似曾相识燕归来"。想起来了，

曹操来过这一手。

曹操离间马超、韩遂。轻服匹马独邀韩遂出阵。二人马头相交，曹操且不言战，只把从前旧事说个没完，足有一个时辰，还说罢大笑。马超问韩遂曹操阵前所言何事？韩遂说：没说什么，只是叙了叙旧。果然，马超对韩遂顿生疑心。

记得小时看草台班演唱《反西凉》，剧中的曹操被马超赶得割须弃袍抱头鼠窜的狼狈样儿，固然博人开心大笑，唯少了这一传神之笔，无异画龙没有点睛。

好事不如无

送虎年,迎兔年。由“虎”，想起一成语：如虎添翼。

老虎生翼，健翮凌空，流电惊飙，威上加威，更具山林王者气象。

如若兔子生翼，固可凭虚远飏，可按其本性看，恐亦只适助以利其逃遁，使其怯懦更为怯懦。

对虎说，是好事；对兔说，好事不如无。

红梅阁

《红梅阁》一剧，演的是南宋末年权奸贾似道因歌伎李慧娘赞美裴生说了一句“美哉少年”，而被其残酷杀害一事。此戏数百年来盛传不衰，盖其为被迫害之小女子鸣不平也。

孟超先生复将此剧重新整理上演，易名《李慧娘》。“文化大革命”中竟因了此剧被“打翻在地”，招致飞来横祸。

按说人的思想本应随着时代的前进而前进。岂料进着进着忽地一个倒跟头又翻了回去，翻到了贾似道的怀抱里。

当个大人物活得真累

浏览《中国剧目辞典》,《淝水之战》赫然入目。睹影而知竿,可想见风樯阵马之概:苻坚大军,丢盔弃甲,风声鹤唳,草木皆兵。东晋劲旅,天堑飞渡,崩浪奔雷,追亡逐北。戏台上的谢安、谢玄,运筹帷幄,决胜千里,千钧一发,力挽狂澜,真真一代风流人物也。

忽地想起两本书,一是《世说新语》,一是《晋书》。

《世说新语》:“谢公与人围棋,俄而谢玄淮上信至。看书竟,默然无言,徐向局。客问淮上利害。答曰:‘小儿辈大破贼。’意色举止,不异于常。”

谢安怎地了?本应“忽报人间曾伏虎,泪飞顿作倾盆雨”,竟“意色举止,不异于常”。

再看《晋书》:“既罢(棋),还内,过户限,心喜甚,不觉屐齿之折。”原来谢太傅是弄玄虚,在做戏,这一回是做给围棋的客看的。《世说新语》的作者被他瞒过了。

戏方唱罢又登场，当个大人物，活得真累。

不解之解

“似我者死”。这话有点吓人，但也并非故作惊人之语。试想：譬如作画，和别人一模一样了，岂不成了印刷机？印刷机，物也。人化为物，“物化”“物化”，非死而何？

“学我者生”，这使我想起了我的老乡鲁男子。鲁有男子独处，邻有嫠妇亦独处。夜雨室坏，妇人起而托之，男子闭户不纳，妇人说：何不学柳下惠。男子说：柳下惠则可，我则不可。我将以我之不可，学柳下惠之可。

“功夫在诗外”。“砥砺琢磨非金也，而可以利金。”（《说苑》）金属的刀，只有用非金属的磨刀石才能磨得快。

“推陈出新”，就是和死人较劲儿。

没脸见人

《四郎探母》中的杨四郎，想什么不好，偏偏想娘。这一想娘，惹出麻烦来了。

海峡此岸，谓为“美化叛徒”。

海峡彼岸，据传谓为引发怀念大陆情绪云云。

杨四郎左右不是人。

可杨四郎的左右不是“人”，正恰恰是受病于他的“人”之至情。“封狐文豹”“其皮为之灾也”乎？

当然，这已是多年往事，现下杨四郎又粉墨登场了。使人慨叹的是，戏也如人，走运、背运，河东、河西。

题《女起解》

崇公道卸下苏三扛的长枷，自己拿着，还把拐棍让苏三拄着。苏三感激涕零，唱道：“只有老爹爹是个大大的好人。”

可是崇公道当初分得的一双鞋钱，竟又是苏三被冤屈为谋杀亲夫的赃钱。他还有说辞：“大堂上不种高粱，二堂上不种黑豆，不吃你们打官司的吃谁去？”又应了苏三唱的另一句：“洪洞县内无好人！”

说是好人，有点儿抬举他；说不是好人，有点儿冤枉他。这样说崇公道，公道不公道？

小丑之丑

京剧《法门寺》里有两个小丑。一是大名鼎鼎的贾桂。他的丑样儿是“奴才”活样板。再就是刘公道。且听他说的一句话。当公堂上高喊：“将刘公道油锅炸了。”他边摆手边道：“慢着，这油折合成钱给了我，咱来个干锅烙吧！”瞧这财迷劲儿，比泼留希金（《死魂灵》）如何？比葛朗台（《欧也妮·葛朗台》）如何？比严监生（《儒林外史》）如何？

这财迷鬼还杀人，瞧瞧他是怎样成了杀人犯的：他在屋中闲坐，忽听后院里“咕咚”一声，走去一看，是两个人头（是刘彪从墙外丢进来的）。按说报官就是了，可他偏要动心思。心思一动，偏又会有一念之差。他这一“差”就差在：报官说不定会惹来说不清的麻烦。多一事不如少一事，把人头胡乱丢进井里了事。岂料恰巧被雇工宋兴儿瞧见了，麻烦了，真真地说不清了。怎么办？又是一念之差，来个死无对证，将宋兴儿骗至井前，一镢头将其打落井内。“摁下葫芦又浮起瓢”，可怎么向宋家交代？有了，干脆一不做二不休，先发制人，去公堂告状，说宋兴儿窃财私逃……

这小丑之丑，就丑在他的自身矛盾。愚昧而又狡狯，怯懦而又凶残。以罪恶掩盖错误，复以罪恶掩盖罪恶，以表明自己没有罪恶。说他“愚昧无知”，不如说是一肚子花花肠子的“愚昧有知”。

他的行径使人想起另一出戏《捉放曹》。“今天下英雄，惟使君与操耳”的曹操，始而误杀了吕姓全家，继之又知而故杀了吕伯奢，不也是以罪恶掩盖罪恶？一是一世之雄，一是草野小民，竟玩出了同样的一手，“唯上知与下愚不移”欤？抑上知亦有其下愚之时欤？

猫拉了屎，用爪子拨土盖上，俗称“猫盖屎”；人，却往往是以屎盖屎。

韩愈的“小辫子”

韩愈说了假话（《顺宗实录》如是真话，《上李尚书书》则是假话，反之亦然），留下了“小辫子”。

这条“小辫子”，比如《两般秋雨庵随笔》，对之似乎有点不可思议了：“三代直道之公，可如是耶？”

当然不应该“如是”，可又的的确确“如是”了，奈何！

“‘赤心’‘忧国’之语，何哉？岂《诗》所谓‘因以箴之’耶？抑屈身行道，圣贤所不免也？”（见《韩昌黎文集》）边说边又似乎觉着对这“小辫子”粉饰之迹太露，留了一手，改口成问语，似是而非，似非而是，亦敛亦纵，可进可退，思虑得未免也太累了。

《韩愈文选》（人民文学出版社出版）名曰“选注”，却“选”而不“注”（只选《顺宗实录》部分，不注录《上李尚书书》），眼不见为净。然而，岂不又有涉“为尊者讳”之嫌了？

“张三着凉，李四打喷嚏。”一代文宗为后人计，能不慎乎！

说到假话，使我想起一个人（把他拉来有点儿不伦不类），就是有过一句名言“谣言重复三遍，就会变成真理”的戈培尔，说过一句这样的话（是我从地摊上买到的一本书中看到的）：“别人对我所能施加的最严厉的惩罚莫过于检阅仪仗队。而这并不总是可以回避的。每当在庆典的日程上列入检阅仪仗队的活动时，我就一夜睡不好觉。”这个瘸子不也说了一句真话？

看来，形格势禁，说真话的未必不说一句假话，说假话的未必不说一句真话。

宴无好宴

中国的“食文化”，其实往往也是“食武化”。

“勤”字还应两说着

“业精于勤”，“勤能补拙”，这“勤”字还应两说着，还要看怎么个勤法。胶柱鼓瑟，虽勤，重复其谬。既难精于业，亦无补于拙。如拉磨驴，绕圈子转，走不出磨房一步。

到极如意时反是可怜

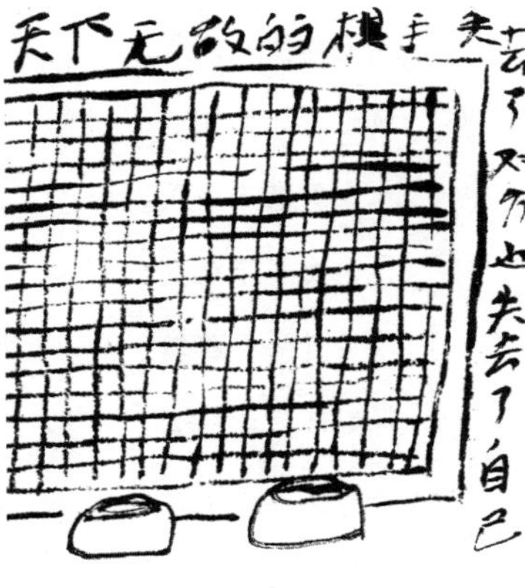

过春节，常见农户人家门楣上贴有“万事如意”。果尽“如意”了，能真“如意”？

看电视，见一宠儿，身旁堆满了各式各样的糕点糖果，堆满了会跑的、会蹦的、会叫的各式各样的玩物。吃啥有啥，玩啥有啥，用那门楣上的话说：“如意”了。

可是有得就有失。有了“如意”，没了“不如意”，就没了不如意时那“想”那“盼”的兴致。不患失，也不患得，只剩下个百无聊赖。看这孩子之状，想人间事亦大率类此：到极如意时，反是可怜。

读《杂感》之感

武安席上见双鬟，
血泪青娥陷贼还。
本为君亲来故国，
岂因女子下雄关！
取兵辽海哥舒翰，
得妇江南谢阿蛮。
快马健儿无限恨，
天教红粉定燕山。

这是吴伟业咏吴三桂、陈圆圆的《杂感》诗。冲冠一怒为红颜，“翻使周郎受重名”。周郎（吴三桂）的“重名”，是声名狼藉。却也直截了当，为的“红颜”。

再看自古以来一代代英雄豪杰，胸怀宇内，精骛八极，固无暇为红颜怒，然逐鹿定鼎，奉天承运，又哪个不是后宫佳丽三千？“率土之滨，莫非王臣”，江山、红颜原是一码事，唯得之先后有序耳。吴三桂竟是糊涂，拨错了算盘珠，本末倒置了。

倒是他“怒”得颇为好玩：

……么魔小丑，纠集草寇，长驱犯阙，荡秽神京，弑我帝后，禁我太子，刑我搢绅，污我子女，掠我财物，戮我士庶，豺狼突于宗社，犬豕踞我朝廷，赤县坵墟，黔黎涂炭……义不共天，但凭指日，克襄大举，实赖同仇……各施壮谋，共图义旅……此则万代之所瞻仰，而九庙为之鉴临者也。《吴三桂讨闯贼李自成檄》（《甲申朝事小纪》）

满口“神京”“赤县”“宗社”“黔黎”，椎心泣血，激昂慷慨，装得像真的一样。

闲道一个“玩”字

“米襄阳《志林》所载：有人收得虞世南与圆机书一纸，剪开字字卖之，至樊卿二字，得麻一斗；鹤口二字，得铜砚一枚；房村二字，得芋千头。”

“吕蒙正为相，有以古鉴献者，云：‘能照二百里。’公曰：‘吾面不过碟子大，安用照二百里为？’又有以古砚求售者，云：‘一呵即润，无烦注水也。’公曰：‘就使一日能呵一担水，亦止值十文钱而已。’”（《两般秋雨庵随笔》）

前者固焚琴斫杖，开口钱刀；然吕相戒于玩物丧志，不亦良驹驽马同老枥下？

玩物丧志？未必不丧，亦未必丧。

二大奇书中有二痴人。《红楼梦》中石呆子之于扇，《聊斋志异》中邢云飞之于石，摩挲玩味，移情默契，视同知己，惜之如命。“物之尤者祸之府”，《红楼梦》写实，豪贵劣弁贪饕涎出，石呆子终以身殉；《聊斋志异》浪漫，石而有灵，虽历遭波折与邢相始终。两痴都“玩”出了真性情。情不可夺，志何可丧?

今人王世襄，穷物之变，测幽之微，更又“玩”出了真学问。

就文作画

“石曼卿谪海州日，使人拾桃核数斛。人迹不到处，以弹弓种之。不数年，桃花遍山谷中。”（《宋稗类钞》）

一弹弓，活现出诗人实乃趣人；一“谪”字，又平添出这“趣”的分量：宠辱不计，留去无妨，“轩昂磊落，突兀峥嵘”。（欧阳修《祭石曼卿文》）

对此人此事，“薄俗休官如物故”（钱谦益诗）者将作何感？也许未必有感，不闻俗云：萝卜白菜，各有所爱。

画、话袭人

《红楼梦》中“不肖种种大受笞挞”之后有段插曲：

王夫人道：“……你有什么，只管说什么，只别叫别人知道就是了。”袭人道：“我也没什么别的说，我只想着讨太太一个示下，怎么变个法儿，以后竟还叫二爷搬出园外来住就好了。”王夫人听了，吃一大惊，忙拉了袭人的手，问道：“宝玉难道和谁作怪了不成？”

“以后竟还叫二爷搬出园外来住就好了”，就只这藏头露尾一句话，将乌有其事弄成了似有其事，使得王夫人弓影成疴，心下越发感爱袭人：“真真好孩子！——也罢了，你且去罢，我自有道理。只是还有一句话：你如今既说了这样的话，我索性就把他（贾宝玉）交给你了。”

《三国志》：“修年二十五，以名公子有才能，为太祖所器。与丁仪兄弟，皆欲以植为嗣。太子患之，以车载废簏，纳朝歌长吴质与谋。修以白太祖，未及推验。太子惧，告质。质曰：‘何患？明日复以簏受绢车纳以惑之，修必复重白，重白必推，而无验，则彼受罪矣。’世子从之，修果白，而无人，太祖由是疑焉。”

“修以白太祖”，结果是实有其事成了乌有其事，换来个“太祖由是疑焉”。

看来打小报告，也如做生意，有售有不售。袭人大赚，杨修赔得精光。

《红楼梦》有云：“我堂堂须眉，诚不若彼裙钗。”堪可为之解嘲。

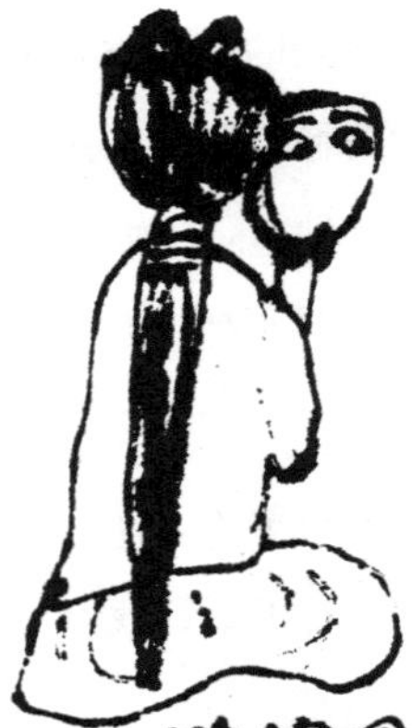

袭人揽镜图

作许题目

《名人书斋》，无斋不雅，本是瓮牖绳枢，偏是斋啊轩啊馆啊庐啊。旷语淡言，含毫匠意。运笔挥凿之功，争价一句之奇。文人无钱无势，有的是一肚子文词。常言道：靠山吃山，靠水吃水。

刘禹锡没有给书屋起雅名，直白地书作“陋室”，可刚“陋”了一下，却又“博约而温润”起来，触目皆成佳趣了。

为书屋起了“听雨轩”的雅名的清凉道人说：“眺望江南诸山，若在几席。而欧公《朝中措》词云：‘山色有无中’，公盖近视故也。”欧阳修是否近视，姑勿论。近视眼一与文人沾边，也独赏得好景。

穷得揭不开锅的无书斋者也有的说，谓之清贫。一个“清”字竟将那“贫”，也弄成透亮得可爱起来。

文人的绝招，化腐朽为神奇。

堡垒最易从内部攻破，陈眉公来了个反戈一击，给戳了一下子：“古今二钝汉，袁安闭门，子猷返棹，明是避寒，作许题目。”

不值几个小钱的玩艺儿
却谓之文房四宝

《啊，上海男人！》与《镜花缘》

读龙应台的书，始知《啊，上海男人！》引起了轩然大波。从而逗起了我翻看《镜花缘》的兴致。看那“女儿国”里的男人，何止“下厨、烧饭、洗碗、洗内裤”，还要“头上梳了鬏儿”“搽了一脸香粉，又把嘴唇染得通红”，还要“穿耳”，还要“缠足”，还要被骂为“骚货”“蹄子”，还要被长须女“玩股垂情”……

不知李汝珍是故意以其人之道还治其人之身大杀须眉威风，抑或借谐谑以为之喻：没有经济上、权利上的平等，没有（也是最重要的）文化、道德水准的提高，男与女，不是东风压了西风，就是西风压了东风。

往鼓气处看

世上事大多是“横看成岭侧成峰”。成岭成峰，全在横看侧看了。这么一看就鼓气，那么一看就泄气，何不往鼓气处看。

边赞边骂

福眠兄自沪寄来《徐元叹先生残稿》，中有马士英的序。

“古人之善为诗也，非尽以其才也。则才人之不善为诗也，亦非尽其才之罪也。何也？根不静而神躁。不静则浮，躁则粗，粗浮无当于人，而当于诗乎哉！”可谓知诗之言。然此言出之“以奸邪济跋扈之私”的权奸之口，何以解之？或谓“小人无不多才”。

还有那个与马士英朋比为奸的阮大铖。论其才，《燕子笺》《春灯谜》“本本出色，角角出色，出出出色，句句出色，字字出色”，“咬嚼吞吐，寻味不尽”，“簇簇能新，不落窠臼”（张岱语）。“五言古诗，以王孟意趣，而兼谢客之精炼，律诗微不逮，七言又次之。然榷论明代诗人，如大铖者少矣。”（章炳麟语，见黄裳《书跋偶存·阮怀宁三集》）而其人，“三尺之童，见其过市，必唾骂之。”仍是那句话，“小人无不多才”。

如马如阮，打个不伦不类的比喻，有如娼妇，为人不齿。娼妇而丑，不瞧也罢，可这娼妇而妍……

仍是《徐元叹先生残稿》，中有叶廷琯的跋：“瑶草一序，佛头著粪，然语能入微，存其文，正恶其人之聪明自误尔！”对这娼妇是不屑一顾，又想顾，是透过手指缝瞅。

好玩的是侯方域。复社文人侯朝宗、陈贞慧等人置酒高会，一面看《燕子笺》演出，四座称善；一面又对阮大铖“戟手骂詈不绝口”。（邵长蘅《侯方域传》）是边赞边骂。

老实人论诗

诗怕遇上老实人。一人吟：“一轮明月照姑苏。”另一人说：“欠妥，明月何止照姑苏一地？”问如何方妥。答：“应为：一轮明月照姑苏等处。”

《巢林笔谈》：“‘苍龙半挂秦川雨，石马频嘶汉苑风’，历下诗也。李之田疑石马不能嘶风，陈玉叔援《华山旧志》汉陵灵异时作风雨声应之。名人诗句未有无出者，未可轻议。”

面对风中石马，产生石马欲嘶的错觉或想象，而将错觉或想象入诗，本诗之常事。而李之田“疑石马不能嘶风”，这位老实人疑得好玩。陈玉叔则“援《华山旧志》汉陵灵异时作风雨声”以证石马能嘶，居然为此下了一番翻书功夫，老实得可敬。《巢林笔谈》作者也大认其真，断之以有出处可据，对石马嘶风“未可轻议”。三位老实人就石马能否嘶风打开了嘴官司。

为“诗”一笑，复为“诗”一哭。

一九八八

诗
三家村 辛宪

男女情爱与“贼”

“花明月暗笼轻雾，今宵好向郎边去。刬袜步香苔，手提金缕鞋。”（李煜《菩萨蛮》）像不像贼儿行径？

“无使尨也吠！”（《诗经·召南·野有死麕》）像不像贼儿声腔？

“谁着你夤夜入人家，非奸做贼拿。”（《西厢记》）一顶“贼”帽子，被红娘给扣了个着着实实。

嬲得梅花不得安宁

读《随园诗话》："诗有听来甚雅，恰行不得者。雪庵僧云：'半生客里无穷恨，告诉梅花说到明。'诗佳矣，果有其事，必染寒疾。"

这使我想起写《荡寇志》的俞仲华。他也有一诗："索逋人至乱如麻，恼我情怀度岁华。这也管他娘不得，后门逃出看梅花。"（见《相牛相鹤之堂偶笔》）

一僧一俗，一个如此放不开，一个如此放得开，只是嬲得梅花不得安宁。

太行道上

一丘一壑，宜诗宜画，欣欣然如辛稼轩，“只消山水光中，无事过这一夏。”

一老大娘问：“你在看啥？”我说：“看山。”老大娘说：“我在这儿住了几十年了，天天看，有啥好看？不就是石头。”

这话颇煞风景，却也一语破的。

不赢则输

看戏曲《昭君出塞》想起“独留青冢向黄昏”句，不免黯然。复想及李伯元之妙论，又不由得想笑。“惟画师毛延寿，作者极口痛诋，无为平反解脱者，余颇冤之。何况美人倾国，职为乱阶。毛延寿壅于上闻，不为昭君道地，殆鉴于历代女患，欲嫁祸外人耳。”（《南亭四话》）

做翻案文章，为古今文人所好。只眼独具，再辨骊黄。抵瑕蹈隙，如老吏折狱，诚然大快意事。殊不知“翻案”犹如赌博，不赢则输。不见《官场现形记》作者，本欲“嫁祸外人”反而贻笑后人乎！

金钱豹

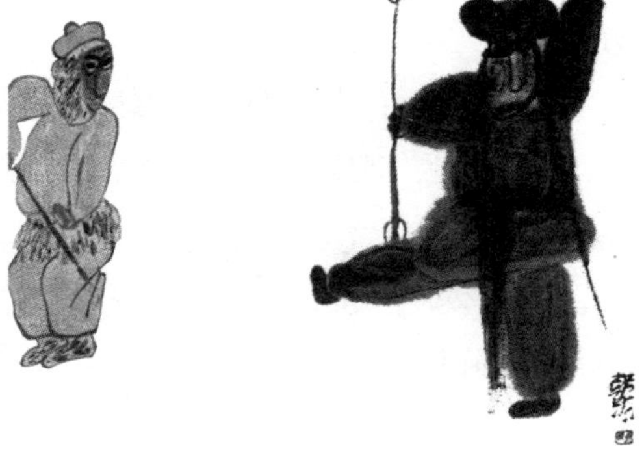

孙悟空战不胜金钱豹；又战胜了金钱豹（搬来了天兵天将）。

《西游记》里的孙悟空在花果山为妖时，本领大得很。自从皈依正果，本领越来越不济了。却是为何？是否猴也如人，端起“铁饭碗”，吃上“大锅饭”，有了惰性？或则虑及敌手的亲朋故旧，投鼠忌器，出招儿亮家伙时先自怯了三分？

无可无不可

把唐人句“只钓鲈鱼不钓名”改为“不钓鲈鱼只钓名”戏作漫画，哑然失笑，竟不知题什么好。

比如题《〈陶庵梦忆〉自序》之所言：“邯郸梦断，漏尽钟鸣。卢生遗表，犹思摹拓二王，以流传后世，则其名根一点，坚固如佛家舍利，劫火猛烈，犹烧之不失也。”则是对名心难化之嘲之讽。

而改题《簷曝偶谈》中语：“名利皆不可好也，然好名者比之好利者差胜，好名则有所不为，好利则无所不为也。”“不钓鲈鱼只钓名”不犹差胜“又钓鲈鱼又钓名”？

再改题《庸斋闲话》中语：“好名，是学者病，是不学者药。”可医不好学之病，不亦仙丹乎？

这小画甚是随和，“归杨归墨”，无可无不可。

不钓鲈鱼只钓名
戏改唐人句

记黄苗子先生题《白蛇传》

一九九七年，苗子先生题拙画《白蛇传》：“无情无义无肝胆，要他何用将他斩。一做二不休，休教刀下留。乞怜还乞恕，跟着妖婆去。岂是两情投，无非怕砍头。”

本是小青、白娘子、许仙声腔状貌，一忽悠幻化作另副嘴脸。这嘴脸，酸甜苦辣，难言之矣！按图实难索骥，解人自能妙悟。比《白蛇传》更是好看百倍。

题《霸王别姬》

霸王谓“天亡我，非用兵之罪也”。人，总是能找出理由为自己开脱，总有话说，即英雄也未能免。

尤为有趣的是以诗名与钱谦益、吴梅村并称于时的龚鼎孳（崇祯甲戌进士，官兵科），降李自成后，每见人则说：“我原欲死，小妾不肯。”（见《明季北略》）

闲话《盗御马》

聂公绀弩曾为拙画《盗御马》题诗，其中有一句“小盗盗御马”。将八面威风的大寨主窦尔敦呼之为“小盗”，虽不无调侃意味，却也一语破的。一个盗马贼，非小盗而何?

剧中另一人物朱光祖，以眼还眼，以牙还牙，你盗马，我盗你的钩。一出《连环套》，你偷我，我偷你，偷得煞是好看。

小说《血与铁》中有一则故事，两个强盗经过一个绞架。其中一个说：“如果世界上没有绞架就好了。我们这个职业就稳稳当当，不用再担惊受怕。”另一个强盗却说：“傻瓜，绞架有恩于我们。如果没有绞架，我们就不会这么小心翼翼精心行动。而且人人都会来干这行勾当，我们这个生意不就砸了？”

显然第二个强盗比第一个强盗动起脑筋更会转弯儿，却又终未脱去小盗气。如果他再来上一句：“偷了这绞架”，岂不“更上一层楼”。

不闻《庄子》议论田成子：“则是不乃窃齐国并与其圣知之法，以守其盗贼之身乎。”

天下文章一大抄

天下文章，写天下事。

天下事，无非衣食男女。古于斯，今于斯，笔尖不碰笔尖乎？

再说那字那词，横来竖去，有如积木。你来摆弄摆弄，他来摆弄摆弄，能免依样葫芦乎？

无怪洋人发出感慨："你要想得新意思吧，请去读旧书；你要找旧的见解吧，请你看新出版的。"这是梁遇春"记得千真万确，可以人格担保"的笠顿爵士的话。

清代诗人毛西河，这位连朱熹都不放在眼里的"多文为富者"：因纳妾，太太颇不平，揭了老底："尔辈以毛大可为博学耶？渠作七言八句，亦须獭祭（捡抄书册罗列故实）乃成。"（《郎潜纪闻》）

天下文章一大抄。有大抄，当也有小抄。大抄，大而化之之抄，如"永叔虽偷，恰不伤事主"。（《随园诗话》）小抄，不化之抄，消化不良，吃什么拉什么。

“盖诗文只此数字，出高人之手，遂现空灵；一落凡夫俗子，便成腐臭。”（张岱语）这“只此数字”。一“出”一“落”，成色竟大不同，大抄、小抄之别也。

一局棋

主任老黄和职工小李下棋：下多少盘，赢多少盘。

老黄退了休不当主任了，和小李下棋：下多少盘，输多少盘。

棋枰虽小，亦可照出人情世态。

“唐虞揖让三杯酒，汤武征诛一局棋”，借邵雍句以戏咏之。

读《严先生祠堂记》

“惟先生以节高之。既而动星象，归江湖，得圣人之清。”

“归江湖”，就是避尘世，到富春江钓鱼去。

翻开书本看，到或泽或湖或江或河里去钓鱼者岂止严子陵，诸如庄周、姜子牙、任昉、张志和……

想来有趣，中国的哲人、贤人、文人不归隐则罢；若归隐，“英雄所见略同”，大都冲着鱼去。又想来有趣的是去诱鱼上钩。这“诱”字，不亦尘世之机心？其瘾头之大，“斜风细雨不须归”。

莫非与人斗其乐有穷，与鱼斗其乐无穷乎？

各有所见

甲："细节"是人物的"画龙点睛"。且看《三国演义》："一箭射去，正中夏侯惇左目。惇大叫一声，急用手拔箭，不想连眼珠拔出，乃大呼曰：'父精母血，不可弃也！'遂纳于口内啖之，仍复挺枪纵马，直取曹性。"这"拔矢啖睛"，唯"猛气横发"四字稍可当之。

乙皱了皱眉说：多脏！

甲：再看《塔拉斯·布尔巴》，波兰大军排山倒海般压了过来，"但粮秣和气力耗尽了，塔拉斯决定要冲出敌人的阵列。于是哥萨克们冲击出去了。""可是忽然，在正跑的时候，塔拉斯停下了，喊：'停停！烟管掉了，连一支烟管我也不愿意让仇敌的波兰人得去！'"果戈理写"仇"写"恨"可谓别开生面。

乙寻思有顷说：为了支烟管，岂不犯傻了？

丙：甲有理，乙也有理，孔夫子说得最有理："不可与言而与之言，失言。"

夏侯惇拔矢啖睛

题“黑、白二宝贝”

旧时城隍庙里的芸芸众鬼，唯独黑无常、白无常如鹤立鸡群。当是沾了黑、白的光。

《老残游记》中的“四面荷花三面柳，一城山色半城湖”的大明湖，竟也被那唱曲的黑妞、白妞平分去了湖上秋色一半。

还有那《水浒传》里的黑旋风斗浪里白跳。一个显浑身黑肉，一个露遍体霜肤。一黑一白绞作一块儿，逗得江岸上那三五百人没一个不喝彩。

黑与白，反差最强，相映最易成趣。

牧惠写《闲侃聊斋》，要我插画。中有一文，提到“黑西哥”。

“黑西哥”者，据说“文革”中“四人帮”喽啰、某报主编，一日登台演说，大讲黑西哥如何如何。台下听众窃窃大哗。

一黑，不免孤单，不闻俗云“好事成双”。有了：天造地设，也是“文化大革命”特产，红极一时的“白卷英雄”。

没有“白卷英雄”，怎能将“墨西哥”弄成“黑西哥”；没有“黑西哥”，“白卷英雄”也将会“英雄无用武之地”。相辅相成，难解难分也。

牧惠兄以为然否？

读书偶记

张申府先生说："不懂得的谓之妙。"（见《思与文》）

似还应再添一"懂"字。妙，在懂与不懂之间。懂，了如指掌，成算在胸，固然无妙可言；不懂，如聋如盲，懵然不解，妙又何由而生？

"玩之不觉为倦，览之莫识其端。"（唐太宗语）其庶几乎？

小丑的胡须

《小上坟》里的刘禄敬（小丑）成婚不久，赴京赶考。一去多年，当了官儿，衣锦还乡祭祖。在坟茔地里遇到妻子，妻不相认，说：“我丈夫本是少年郎，看看你这一脸胡须。”是谁都会回答得出的显见之理：少年成了壮年，怎不生出胡须来？可小丑不这么说，哈哈一笑，冒出一句；“这胡须么，本是假的。”（戏班

子里叫“髯口”，挂在耳朵上，当然是假的。）

真真令人一怔，这呆子莫非唱戏唱糊涂了，竟忘了自己是戏中人？继而又不得不佩服他的机灵。试想，如不说胡须是假的并将其从脸上扯下来，怎能让妻子辨认出他原来的少年郎面貌。小丑小丑，糊涂透顶，聪明绝顶。

“君子可欺以其方”

影片《鸦片战争》中的清廷明明是乞和，偏 偏说成是“赐和”。一个“赐”字，争得了堂堂大 国的面子。洋人不在乎这一套，说什么都可以，只要割地赔款。你好、我好，各捡各的便宜。

由“赐和”，想起了一则笑话：

“四川好多年前有一位军阀，知道小老婆跟自己的随身马弁搞上了，叫他们两个前来，当着众人面前说：‘从此你（小老婆）跟他（马弁）了！’还拨了花园的一间小屋给他们俩。但当马弁不在家的时候，军阀却偷偷走去跟小老婆幽会。秘书看不顺眼，问他何苦如此？

军阀说：‘他要格老子戴绿帽子；格老子也让他戴绿帽子！’”（见黄永玉《沿着塞纳河到翡冷翠》）

从而又想起了孟子的一句话：君子可欺以其方。

成语当谜语

“螳螂捕蝉，黄雀在后，其后更有弹雀者。打一戏曲名。”

“《哭祖庙》。”

“何以解之？”

“蝉——刘禅。螳螂——邓艾。黄雀——锺会。弹雀者——司马昭。”

幻 灭

墙角处，枝叶掩映中一绿油油肥硕大葫芦，我们几个老头儿闲扯起来。有的说：“这多像铁拐李背着的盛仙丹的葫芦。”有的说：“《水浒传·火烧草料场》林冲的花枪挑着的买酒用的葫芦就是这个样儿。”有的说：“这是齐白石的画儿上的。”有的说：“从书本上看到的，一个和尚说：葫芦腹中空空，不像人满肚子杂念，浮在水上，漂漂荡荡，无拘无束，拶着便动，捺着便转，真得大自在也。”

过了两天，再去一看，没了。问种葫芦的老汉，他说：炒菜吃了。

关云长

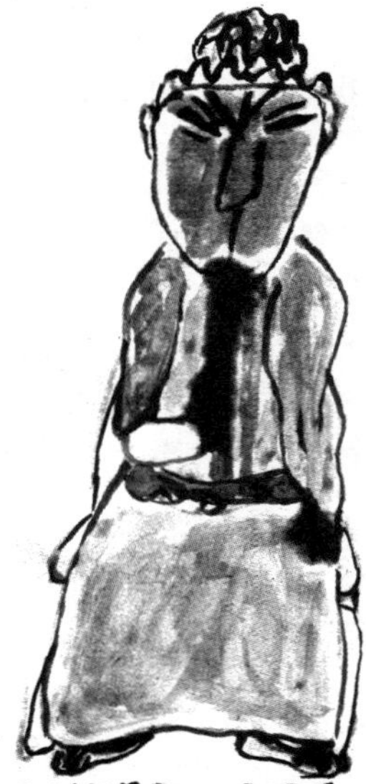

关云长的“义”，很有点像贾宝玉的“情”。贾宝玉固然钟情于林妹妹，但也用情于宝姐姐、史妹妹、金钏、晴雯甚至袭人，故曰“情种”。关云长固然义扶刘汉，但也义释曹操，当也应名之曰“义种”。

画葫芦

我画葫芦，题“自缚图”。一老花鸟画家说：“错了，葫芦蔓是从不缠绕葫芦的。”方知葫芦原来不干自己和自己过不去的傻事。可是，人呢？

妄作解人

和李二叔在集市摊子上吃包子，忽地瞅见不远处一只死猫，立即倒了胃口。看李二叔吃得从容不迫津津有味的样儿，真羡煞他的近视眼。“察见渊鱼者不祥”，此之谓欤？

读贾氏游记作画并题

贾平凹《游寺耳记》：“清静值一角，山明值一角，水秀值一角，空气新鲜值八角，余下一角，买得吾之高兴也。”趣人趣语。王夷甫口未尝言“钱”字，谓言钱便俗，言钱岂尽俗耶?

“解寄无边春”

贾平凹的《小桃树》：“高高的一枝儿上，竟还保留着一个欲绽的花苞。”“抖着满身的雨水，几次要掉下来了，但却没有掉下去。”

真好景色。“谁言一点红，解寄无边春。”（苏轼）岂止好景色，且更深寓画理。

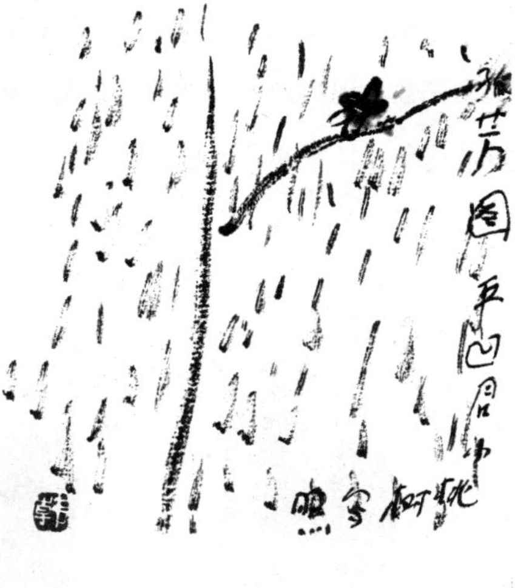

《三个和尚》跋

俗谓“三个和尚没水吃”。又谓“三个臭皮匠，赛过诸葛亮”。同为三数，何抑此而扬彼耶？包蕾、阿达亦有同感，相约作美术片，自开户牖，让和尚舒一口气。

二鬼推磨

偶然在一收藏古旧玩意儿的人家里，发现了久违的玩物儿。和人讨要，不给。只好照着描画了一张。

这玩物儿叫“二鬼推磨”。小时候赶庙会，花上两个铜板就可买一个。一摇木把儿，这二鬼就推起磨来。摇得慢，推得慢；摇得快，推得快。身子一弓一弓，傻头傻脑，倔劲十足。

每逢见人推磨，我就挤上前去抱起磨棍。大人们夸赞说：“这孩子知道干活儿了。”其实我是学那二鬼哩。

瞅着画的二鬼，似乎也瞅见了穿开裆裤时的自己。

霸王别姬

激昂悲壮，温婉贞丽，英雄美人，千古同慨。而虞姬夫人于楚歌四围中犹如众星拱月。项羽众叛亲离，身遭厄困，有此贤助，亦可谓不幸中之幸也。有感乎此，作诗画以赞之：

楚帐中宵剑器舞，斗酒和泪垓下歌。
末路英雄应自慰，虞兮远胜吕雉多。

仿黄公题意作《左右寻思图》

“精生白骨倾人国，插翅难飞，有翅难飞，都盼金猴本领施。谁知手掣金箍棒，左也寻思，右也寻思，急煞旁观道上儿。”（黄苗子戏题《孙悟空三打白骨精图》）

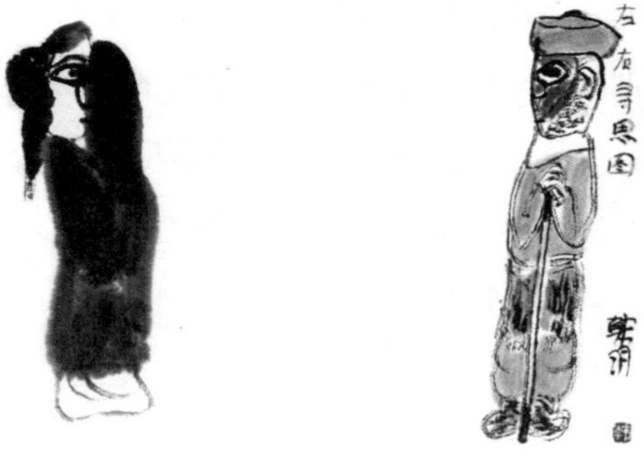

“左也寻思，右也寻思”，猴儿嘴脸活现。

考虑影响欤？碍于情面欤？得了甜头欤？抑或“我们的‘狗娘养的’”欤？

（当年一美国参议员有过一句名言：“某某虽然是个‘狗娘养的’，但他是我们的‘狗娘养的’……”）

题《红鸾禧》

看戏曲《红鸾禧》，手痒而画之。依作画需要题字惯例，诌得五绝凑数：

斯文穷光蛋，
化子饶有钱。
豆汁图一饱，
醒眼过邯郸。

《捉放曹》

老阿瞒，瞒过了老奸巨猾的董卓，又瞒过了知人阅世的陈宫。可几声磨刀霍霍，出其不意，逗得他一下子露出了“宁我负人”的奸雄嘴脸。《庄子》中有句话颇风趣：“醉之以酒，而观其则。”老阿瞒只好让人观了个够，令人笑煞、愤煞。

娶媳妇

娶媳妇，老百姓说：做鞋做袜、做裤做褂、生孩子。曾国藩说：挠痒痒。一是直话直说，一是绕弯子，此俗、雅之别乎？

（曾国藩与澄弟书云：癣疾如常，夜间彻晓不寐，手不停爬，人多劝买一妾代为爬搔。）

题《八阳》

“收拾起大地山河一担装”，长歌当哭，一句唱词，不知博得了多少看客的感慨系之。

朱允炆也想学汉景帝那一手，来个削藩。惹出了乱子，又没有汉景帝的“术”，杀晁错以谢天下（恐怕杀几个也不行，燕王的胃口大得很），只好挑起担子逃命去了。

是写戏人的惯技，总喜欢将弱者弄到戏台上，打动人心，赚取一声叹息。同情弱者固然是美德，殊不知此时此地的弱者在另时另地也会露出牙齿来。惶惶然窜伏草野间的建文帝不也曾将那燕王朱棣折腾得装疯卖傻么。

读《缚鸡行》画《斗鸡图》

喜食虫蚁，无非出之于性；同室操戈，实乃有损于德。“小奴”知否知否？因画《斗鸡图》并题：窝里争斗无了时，注目寒江倚山阁。

注：原句为“鸡虫得失无了时，注目寒江倚山阁”。

妙哉是言

记得小时，吾乡一女伶老生演唱《刀劈三关》最是拿手。后嫁一汉奸官员，不再唱戏。由伶人而官太太。

据老辈人言，《刀劈三关》乃汪派擅场剧目。汪笑侬始为县令，后下海唱戏，由官宦而伶人。人惋惜之。彼谓“我官只七品，今则王侯将相，任我所为，快何如之”（见《艺林散叶荟编》）。妙哉是言！

《怕老婆顶灯》

小时候在庙会的戏台上看过《怕老婆顶灯》。时隔六十年，在电视上又看到了这老古董《怕老婆顶灯》。

几千年来，铁定了的事实，夫为妻纲，男尊女卑，男的欺侮女的。

可是在戏里、画里、笑话书里，翻了个个儿，怕老婆，女的欺侮男的。

真逗！

读诗，不可多想

画《消夏图》，题“芙蓉塘外有轻雷”。借李商隐句，以示画境凄迷幽远也。

忽想及《南亭四话》有云：“小时不识雷，只当天放屁。”哑然失笑。

小异大同

偶然瞥见包东西的报纸上的文章中有如下一段话："俄国批评家施克洛夫斯基说：'艺术的目的，是要人感觉到事物，而不是仅仅知道是事物。艺术的技巧，就是使对象陌生。'"这话与我们的"作画，妙在似与不似之间"的说法相较，亦"在似与不似之间"。

《君主论》中有一段话："善射者如果想命中很远地方的一个标的，他们就得知道他们的弓力能达到多么远，然后瞄准一个比他们想命中的标的要高出不少的地点。他们的箭并非要打中这个目标，而是要靠着这个较高目标的帮助，以便射中他们所想射中的标的。"这是洋人的说法。我们也有个说法："取法乎上，仅得乎中；取法乎中，仅得乎下。"

“再接之，三接之”

“野梨酸涩类枳，断桃根接之，稍可啖；再接之，三接之，甘脆远过哀梨。可见人不可不相与好人也。”这是古人交友之论。喻之读书亦甚恰切：可见人不可不读书，尤不可不读好书也。

陈眉公说得好：“神仙不读书，亦是一个俗汉，所谓‘顽仙不如才鬼’耳。”

《林冲夜奔》插曲

据闻授衔时，有个别提出要求未能满足者，竟哭鼻子。毛泽东借昆曲《林冲夜奔》中唱词说：“男儿有泪不轻弹，只是未到授衔时。”伟人亦不乏风趣。

快哉图

宁可居无竹，

不可食无肉。

东篱把酒黄昏后，

谁说人比黄花瘦？

自　嘲

路行百里常转向，
书藏半橱称富翁。
砚有积墨二分厚，
心无灵犀一点通。
惯以坏画充好画，
聊将嘘声作赞声。
鲁鱼亥豕成粥煮，
混了春夏混秋冬。

“亦可以解纷”

人谓杂文如匕首、投枪。匕首、投枪固应锐利，然锐利未必定要声色俱厉猛气横发。“谈笑间”不是也可使之“强虏灰飞烟灭”？插科打诨随变杂施亦能如禹鼎铸象，魑魅魍魉毕呈。是太史公的话：“谈言微中，亦可以解纷。”

为“闲”测字

闲，“以木拒门也。”（《辞源》）作茧自缚，岂不是坐禁闭？难怪袁宏道说：“如有所失，无事而忧，对景不乐，即自家亦不知是何缘故，这便是一座活地狱。”难怪愁眉苦脸。愁有几多？辛稼轩计量过：闲愁千斛。

漫画家方成的养生之道，靠的是一个“忙”字。一字点出了祛除闲苦闲愁的方便法门。

梅墨生的《中国人的悠闲》一书中有几句讲得好，谓忙、闲、动、静结合的最佳状态就是适度，就是中和。因为“人生最易见者，身闲心不适也。其弊即在‘此身常放在闲处’。要得闲适，还当在一劳字上下功夫。盖能劳者，方体味得闲适”（明·归终居士语）。

且再为“闲”测字：“木”者“树”也，“以木拒门”何如门里植树？有所忙，方得乐有所寄，方得闲的真滋味。

闲字图解

歪看《空城计》

司马懿道:“且住,适才探马报道,西城乃是空城。老夫大兵到此,为何城门大开?诸葛亮又在城头弄鬼,不要中了他人之计。”当诸葛亮在城头招手:“来来来,请上城来听我抚琴。”司马懿越发认定了“城内定有埋伏兵”,发下号令:“后队改为前队,兵退四十(里)。”并不无得意地“待我说破于他:实城也罢,空城也罢,老夫我拿定主意决不进你西城,告辞了,告辞了”。在观众的哄笑声中司马懿成了地地道道的大傻瓜。

每当笑过之后,使人总不免纳闷,自诩与诸葛亮“棋逢对手一般平”的司马懿怎就想不到试探一下,比如派出一伍军士,用现下的说法派出半个班的兵力,冲进城去直奔城楼。如有埋伏,无非也就牺牲几个小兵;如是空城,连诸葛亮都活捉了,岂不是全赢?这道理连观众都看得清清楚楚,怎么老谋深算的司马懿竟思不及此?

是写戏人的疏忽,也或许是写戏人的故意疏忽?

留下这一漏洞引逗观众胡思乱猜。猜想那司马懿莫非另有花花肠子。司马懿熟读兵书，当然也谙熟史籍，他不可能不知道韩信。街亭大败马谡，连克三城，一路追击眼看要活捉诸葛亮全胜凯旋了。可凯旋之后呢？不能不想一想了，如果没有了西蜀与诸葛亮这个对手的存在，他这英雄岂不是也无了用武之地，而被主子炒鱿鱼——“狡兔死，良狗烹”。司马懿这步棋看得远，是故意要放走诸葛亮。可观众还蒙在鼓里笑他傻瓜哩。

再说诸葛亮，设下“空城计”本想露一手，来个“险中又险显才能”，可忙活了半天竟连司马懿的心思都没摸透，正如俗话说的“哭了半天，却哭错了坟头”。不知己知彼，兵家大忌，何谈料事如神，这哪像卧龙先生。也必须给他找个说辞。有了，诸葛亮博古通今，当然知道苏秦。苏秦为了保住六国相印，不得不逼出个和自己唱对台戏的对手——张仪。睹影而知竿，司马懿的花花肠子岂不是昭然若揭，怎能瞒得了诸葛亮。你想网开三面，我还不想走哩，且和你玩一玩儿，乐得个逢场作戏，乐得个假戏真做。于是城门大开，在城楼上又饮酒又抚琴，有板有眼地唱了又唱。

可是事后他又慨然而叹是在“弄险”，这又是在糊弄谁？

二〇〇八

诸葛司马猜枚图

蓝眼睛惹的祸

当看到光碟版前苏联影片《第四十一》白匪军官对红军女战士马柳特迦说："可不是，如果我们现在就埋头读书，把世界完全交给你们管，你们会把它搞成什么样子？"我心头怦然一动。天哪！这个龟儿子的嘴真臭，一语成谶，七十余年之后，他说的"搞成什么样子"的那个样子的世界，竟然"解体"了。假如作者拉甫列涅夫能够活到现在，听了那白匪军官的话，又将作何感想。

是该影片中的另一段对话：

马柳特迦："我瞧着你的时候，总是不明白，你的眼睛总是这么蓝。"

白匪军官："生来就是这样的蓝。"

马柳特迦："你被我们俘虏的时候，我就想……"

白匪军官："想什么？"

马柳特迦："你的眼睛，你的眼睛真危险。"

白匪军官：“对谁危险？”

马柳特迦：“对谁危险？对女人，钻到人心里叫人不安。”

白匪军官：“也叫你不安？”

马柳特迦：“去你的吧，别再往下问了。”

不言自明，俄国的红军女战士爱上了俄国的白匪军官。可是中国的“焦大不爱林妹妹”。对这俩狗男女只好以“修正主义”目之了。也是《红楼梦》中透出的消息：“尤氏道：‘你难道不知道这焦大的？连老爷都不理他，你珍大哥哥也不理他。因他从小儿跟着太爷出过三四回兵，从死人堆里把太爷背出来了，才得了命。自己挨着饿，却偷了东西给主子吃；两日没水，得了半碗水，给主子喝，他自己喝马溺。’”焦大不爱林妹妹，却爱林妹妹的外曾祖父。呜呼！鸡屎与鸡蛋，“所出同耳”。看来“丘比特”一旦搅和到“阶级”中来，最头痛的要算作家、理论家。

二〇一〇

高士的“高”

高士的“高”，是指“高雅”，它的对立面是“低俗”。欲要“高雅”，必须超然，必须与“低俗”的浊世相疏离。即回归自然“天人合一”去，可是你愿“天人合一”，天不愿意与你合一，比如你在深山老林里肚子饿了，“天”才不管你哩。摆在高士面前的首要问题是吃喝。饿着肚子，无法超然，可是整天忙着解决吃喝问题，岂不又没了超然的工夫？实难两全，欲其两全而勉为其难，则难免近伪。

高士中与世之最决绝者，要数伯夷、叔齐，大骂武王，不食周粟，结果呜呼哀哉饿死了。

后来的高士，似乎没听说过饿死的，因为他们不那么决绝了，是既骂武王，又食周粟，或者说骂武王是为的食周粟。

《古文观止》的编者，将《五柳先生传》与《北山移文》摆到一块儿来唱对台戏，不知是出之无心，还是有意，反正是煞为好看，令人莞尔。

戴名世《陶令归田诗》："南山好豆东篱菊，五柳闲拖出岫云。若是田园归未得，半升也得折腰筋。"

另一位高士颜斶是"有恃于内，无惧于外"，凭着以俭养德自我克制，以抵挡外物之诱惑，其办法是"晚食以当肉"。

看来"高士"之做成与做不成，做得久不久，取决于有田园可归，有晚食可食。

又看来只有先弄清楚"高士"吃喝的出处，才可谈论"高士"文化。

比如，每当读到"采菊东篱下，悠然见南山"时，总不免要想陶老此时是"箪瓢屡空"呢，还是酒足饭饱了？饿着肚子"悠然"起得来么？饿着肚子的悠然，不是强己所难？

再如周敦颐的"出淤泥而不染"，这话说反了，实际上莲花的"香远益清"恰是得之于淤泥的滋养的结果。

二〇一三

信哉，智愚合体

小时闻巨盗李金梁曰："凡夜至人家，闻声而嗽者，怯也，可攻也；闻声而启户以待者，怯而示勇也，亦可攻也；寂然无声，莫测动静，此必勍敌，攻之十恒七八败，当量力进退矣。"（《阅微草堂笔记》）

且听吾邻家大伯言。小时，大伯问："独自走夜路，远处有一幢幢人影，怕不怕？""怕。""怕则咋办？""掉头跑。""此正表明你怕，如遇坏人，正好欺你。""那就大声咋唬。""一听就知是心虚壮胆。"我问应该如何，他说："一声不吭，照直往前走。"

试想那强盗碰上邻家大伯会如之何？恐将如《水浒传》里孙二娘言："由你奸似鬼，吃了老娘洗脚水。"

《巢林笔谈》："文始经云：'吾道如处暗'，夫处明者，不见暗中一物；处暗者，能见明中区事。真妙语也。"而我颇疑此语之"妙"，以强盗与邻家大伯为喻，处暗者固能见明中区事，而未必能见暗中区事。

虽然《老子》云：“绝圣弃智。”但后人另有言说：“天地黝黑，谁为照之？日、月、火也。人事黝黑，谁为照之？智也。天地之智，曰日、月、火。人心之日、月、火，曰智。”（《智囊叙》）而《老子》又云：“智慧出，有大伪。”虽其奥义不得深解，但就强盗与邻家大伯观之，智与伪岂不是你中有我，我中有你。智无伪而不行，伪无智而不立。智使之心明，伪使之心盲。在一定条件下，智又可转化为愚。那强盗由智而愚，必也。所谓智愚合体、明暗一源耳。

二〇一二

多此一笔

相传康熙中，瓜子店火。有少年病瘵不能出，并屋焚焉。火熄，掘之，尸已焦，而有一狐与俱死，知其病为狐媚也。然不知狐何以亦死。或曰："狐情重，救之不出，守之不去也。"（《阅微草堂笔记》）

片言居要，好个"救之不出，守之不去也"，以死殉情，不亦狐中之祝英台？！此狐，为鬼狐故事一新耳目。

本"姑妄言之""姑妄听之"可也。岂料纪翁较起真来，骋词力辩，谓其不然："狐鬼皆能变幻，而鬼能穿屋透壁出。鬼有形无质，纯乎气也；气无所不达，故莫能碍。狐能大能小与龙等，然有形有质，质能缩而小，不能化而无，故有隙即遁，而无隙则碍不能出。虽至灵之狐，往来亦必由户牖。此少年未死间，狐尚来媚；猝遇火发，户牖俱焰，故并为烬焉。”点金成铁，实败笔耳。

二〇一二

画、话聊斋

画　皮

《画皮》里的狞鬼与《白蛇传》里的白娘子，一恶，一善。可两者又惊人的一致，都是披了美女的画皮。

这“画皮”颇与庄子说的“圣人之道”相似，“善人不得圣人之道不立，跖不得圣人之道不行”。

不同解读

《聊斋志异·阎罗》："邑有张生者，亦数日一死，语人曰：'李中之，阎罗也。余至阴司，亦其属曹……'或问：'李昨赴阴司何事？'张曰：'不能具述，惟提勘曹操，笞二十。'"

蒲翁说："阿瞒一案，想更数十阎罗矣……乃数千年不决，何耶？岂以临刑之囚，快于速割，故使之求死不得耶？"是故意折磨曹操之举。

牧惠在《闲侃聊斋》一书中的说法是："'宁教我负天下人，休教天下人负我'，争权夺利，吃人肉，造冤案，死人无数，铁证如山。可是，曹操一案，仍在不断地'研究研究'中。从《阎罗》故事，读者不仅可以看到人间的官僚主义同样传染到了阴间，同时也可以窥察到官僚主义'万岁'的根源所在。"

不妨再换个角度，还可看出另个道道儿来：历史总是由后人做出不同的审视，不同的解读。就说那换了数十茬的阎罗，对曹操的是非功过，安知不是见仁见智？此类状况，历史人物中又何止一个曹操？二十世纪五十年代末，并非阴间而是阳世，不又“提勘”过曹操？这一次不是“笞二十”，是翻案。语云“盖棺论定”，实是虽“盖棺”未必能够“论定”。以后再换上几十茬阎罗，能断言不再“提勘”曹操？

姚 安

锺惦棐先生倡议合作《聊斋志异》插图，他编选并作序，我画。

选目有《姚安》。姚安不只是个大男子主义者，且是性变态狂。蒲翁对这个性变态狂写得甚妙，颇有点现代所谓的“意识流”。当他因妒生恨、神志狂乱误杀了妻子之后，忽而看到“女（其妻）与髯丈夫狎亵榻上”，忽而听到“淫溺之声，亵不可言”，蒲翁说这是“新鬼为厉”，其实不就是变态心理的幻视幻听？

惦棐先生问我：“姚安最不放心的是什么？”我说：“书上写着哩：‘女欲归宁，则以两肘支袍，覆翼以出’，最不放心他妻子。”他说：“你再说具体一点儿。”我怔住了，虽然心里明白，却一时找不出适当的话语回答。他说：“他最不放心的不就是他老婆的裤腰带！你画姚安用锁头把老婆的裤腰带给锁上如何？”一语破的，入木三分。这用锁头锁裤腰带的荒唐行径，不正是姚安心理状态的形象化？不正是淋漓痛快地对他的嘲讽与鞭挞？不正是不为文学细节所缚却又紧紧扣住了文学主旨？不正是大胆夸张之如刘勰所说“饰穷其要，则心声锋起”？

酒　友

《聊斋志异·酒友》："车生者，家不中资，而耽饮，夜非浮三白不能寝也，以故床头樽常不空。一夜睡醒，转侧间，似有人共卧者，意是覆裳堕耳。摸之，则茸茸有物，似猫而巨。烛之，狐也，酣醉而犬卧。视其瓶则空矣。笑曰：'此我酒友也。'"

"人生得意须尽欢，莫使金樽空对月"，趣人趣狐，隐隐然有太白之风。王阮亭赞云："车君洒脱可喜。"

《阅微草堂笔记》中亦有一则，事相类而大异其趣，令人绝倒："有人宅后空屋住一狐，不见其形，而能对面与人语。其家小康，或以为狐所助也。有信其说者，因此人以求交于狐。狐亦与款洽。一日，欲设筵飨狐。狐言老而饕餮，乃多设酒肴以待。比至日暮，有数狐醉倒现形，始知其呼朋引类来也。如是数四，疲于供给，衣物典质一空，乃微露求助意。狐大笑曰：'吾惟无钱供酒食，故数就君也。使我多财，我当自醉自饱，何所取而与君友乎？'"

酒
与尔同销万古愁

王成

《聊斋志异·王成》："王成，平原故家子。性最懒，生涯日落，惟剩破屋数间，与妻卧牛衣中，交谪不堪。时盛夏燠热。村外故有周氏园，墙宇尽倾，惟存一亭，村人多寄宿其中，王亦在焉。既晓，睡者尽去。红日三竿，王始起，逡巡欲归。见草际金钗一股，拾视之，镌有细字云：'仪宾府造。'王祖为衡府仪宾，家中故物，多此款式。因把钗踌躇。欻一妪来寻钗，王虽故贫，然性介，遽出授之。妪喜，极赞盛德……"

《论语》云："君子固穷。"王成之所为颇有儒家之风。正是这一点为蒲翁所看中。谓"不知一贫彻骨，而至性不移，此天之所以始弃之而终怜之也"。怎么个"怜"法？王成"性最懒"，可奈何？对此，蒲翁也为之慨然："懒中岂果有富贵乎哉！"故事里的解决办法是由儒而佛，如是因，有是果，善有善报。王成得了一只好斗的鹌鹑，卖了个大价钱，"家益富"。

"至性不移"而又"性最懒"，无损于人；亦未有济于物，与泥塑木雕何异？难怪蒲翁又说了一句，令人忍俊不禁，他说："富皆得于勤，此独得于惰，亦创闻也。"

笑煞偷鸡贼

《聊斋志异·骂鸭》：邻翁丢失一鸭，盗鸭贼诡告翁曰：“鸭乃某甲所盗，彼深畏骂焉。骂之亦可儆将来。”翁笑曰：“谁有闲气骂恶人！”

由《骂鸭》想起另一故事，大有兴头“闲气骂恶人”。有人丢失一鸡，大骂：“谁偷了鸡，我 × 他爹，我 × 他娘，我 × 他全家！”其子帮腔相助：“我爹 × 谁我 × 谁！”

人啊！人

卡夫卡的《变形记》，人成了甲虫。

蒲松龄的《促织》，人成了昆虫。

鲁迅的《阿 Q 正传》，阿 Q 说：“我是虫豸。”

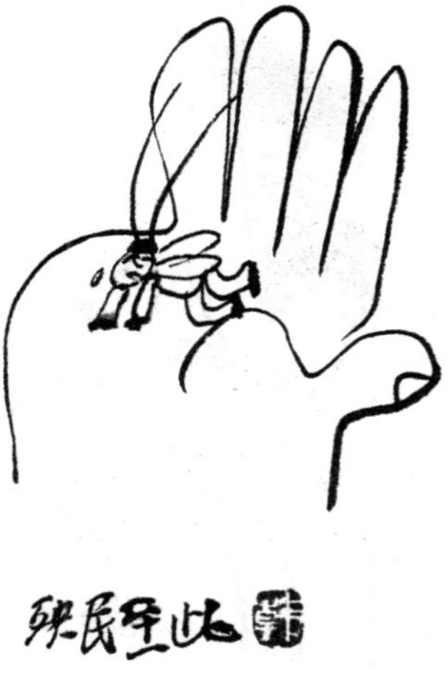

梦　狼

“民为贵，社稷次之，君为轻”，这是孟子的话。

有另一句话，是《聊斋志异·梦狼》里的贪官甲对其弟说的。他说：“黜陟之权在上台，不在百姓。上台喜，便是好官；爱百姓，何术复令上台喜也？”

圣人那句话碰上贪官这句话，无异于鸡蛋碰上了石头。

“予不屑之教诲也者，是亦教诲之而已矣”，不和你斗嘴了，圣人没了辙。

再看《聊斋志异·梦狼》：“甲解任，甫离境即遇寇。甲倾装以献之。诸寇曰：‘我等之来，为一邑之民泄冤愤耳，宁专为此哉！’遂决其首。”老百姓为圣人助了一臂之力。可老百姓也要为此付出代价，那就是，必须脱胎换骨，变成贼寇。

两眼瞄着上头

为死鸟一哭

《聊斋志异·阿宝》中的孙子楚之魂，借鹦鹉之尸飞至阿宝家“得近芳泽”。使我想起古有之、今有之的活人拿死人做文章以沽名获利的惯技。孙生虽痴，亦“心有灵犀”。特为死鸟一哭！

读《王者》

读蒲松龄的《聊斋志异·王者》，大呼痛快痛快，解气解气。试想，一“位极人臣、赇赂贪婪”的高官，被“王者”剪去了爱妾的头发，又从他腰包里挖去搜刮的民脂民膏六十万两银子。老天报应，能不解气？能不拍手称快？

后来再读，又一想：这“王者”到底是何等样人？神龙见首不见尾。那最牵动人心的六十万两银子到哪去了？只说是“验收在库”。谁家的库？是老百姓的？又是神龙见首不见尾。心中打起小鼓：老天爷，千万莫是小盗（王者）吃大盗（巡抚），如是这样，那是他们双方在斗法，胜负输赢与老百姓何干？大呼痛快、解气，岂不是“狗咬尿泡瞎欢喜”？

这虎精，修炼得还不到家

《聊斋志异·苗生》：“客互诵闱中作，迭相赞赏……苗厉声曰：‘仆听之已悉。此等文，只宜向床头对婆子读耳，广众中刺刺者可厌也！’众有惭色，又更恶其粗莽，遂益高吟。苗怒甚，伏地大吼，立化为虎。”

豺狼虎豹，苦苦修炼，其所求，无非是脱去兽毛，披上人皮，衣冠楚楚，混迹人寰。好笑的是那苗生（老虎精），已是修炼得成个人样儿了，可竟被“只宜向床头对婆子读”的文章弄得现了原形。到底那“只宜向床头对婆子读”的文章是何等货色？纵使是狗屁文章，然而相互吹捧“迭相赞赏”乃人情之常，此亦人之所以异于禽兽者。竟然参悟不透，为山九仞，功亏一篑，惜哉！

苟全苟生 愿你再作吼声

拟考据癖

《聊斋志异·鬼哭》："夜则床下磷飞，墙角鬼哭。"鬼哭作何状？蒲翁未交代。杜甫似乎听到过，"新鬼烦冤旧鬼哭，天阴雨湿声啾啾"，鬼哭是"啾啾"声。

才　鬼

想是中国的读书人性压抑太久了，一到了“聊斋”的另一世界里，看吧，只要碰上异性，不论是狐是鬼，一个个猴急得眼里冒火……

相比之下，《聊斋志异·司文郎》里那位姓宋的死鬼，不能不令人肃然起敬。死而后不已，仍不忘读书做学问。终于说出极有见地的话来。他告诫王生：“然命笔时无求必得之念，而尚有冀幸得之心，即此已落下乘。”孔夫子如若听了这话，当也会拍案称赏，浮一大白。因为孔子在《论语》里也发过感慨：“古之学者为己，今之学者为人。”

“学者为己”，是为超越自我而学，是为摆脱蒙昧，求得自我不断完善。

“学者为人”，是为装饰自己显示自己而学，以求获取较之别人更多的名和利。

那死鬼说的“无求必得之念”不就是“学者为己”？“有冀幸

得之心”不就是“学者为人”？心有灵犀，与其说是死鬼，毋宁说是才鬼。

然而，“无求必得之念”终又难以摆脱“幸得之心”的牢笼（这死鬼不也希冀王生得中，货于帝王家），心为时夺，读书人的宿命，奈何！

陆　判

由《聊斋志异·陆判》想起了我的画匠行当，比如创新。今人创新，古人也创新。不就是因为有了“创新”才有了中国美术史？固然不可抱残守缺，固步自封，但也不能揠苗助长。离开了“旧”，“新”又从何而生？移花接木是一办法，但也要看如何嫁接。《聊斋》中的陆判，好心好意地把别个美人头换到朋友妻子的脖子上，上下肤色判然而异。陆判这一手未必值得恭维。

猪的牢骚

《聊斋志异·秦桧》："青州冯中堂家，杀一豕，𬊈去毛鬣，肉内有字云：'秦桧七世身'。"

倒过来读

《聊斋志异·姊妹易嫁》可倒过来读。一颠倒，本是反面人物的姐姐成了正面人物，正面人物的妹妹成了反面人物。

看那姐姐，父亲做主将其许配给了毛家，她却“我死不从牧牛儿”。互不了解，感情毫无，“死不从牧牛儿”有何错？这女子了得，不可不谓是数百年前的“婚姻自主”的先驱。“及亲迎，新郎入宴，彩舆在门”，“催之妆，不妆；劝之，亦不解。俄而新郎告行，鼓乐大作，女犹眼零雨而首飞蓬也”。破釜沉舟，背水一战，不只有识，更有勇。“父无计，周转欲自死”。老头儿没辙了。

再看妹妹，“阿爹原不曾以妹子属毛郎，若以妹子属毛郎，更何须姊姊劝驾耶！”话说得有板有眼，可这板眼背后不就是“三从四德”？

姐姐与父亲抗争，其间掺杂着“嫌贫爱富”，像抹在鼻子上的一块白粉，使她成了小丑儿。可是天底下有几人不“嫌贫爱富”？又有几人是“嫌富爱贫”？就连她老爹将她许配给毛郎不也同样出之“嫌贫爱富”（已从梦中得知毛郎是将来的宰相爷）？

“富与贵，是人之所欲也”，“贫与贱，是人之所恶也”。只要不因“欲”或“恶”而损及人的品德，应该说这是出之人的生存本能。对这有着和别人同样的生存本能的姐姐何独苛责若此。

张家姐妹

瓶中狐

《聊斋志异·盗户》："官署多狐，宰有女为所惑，聘术士来，符捉入瓶，将炽以火。狐在瓶内大呼曰：'我盗户也！'闻者无不匿笑。"

尽管"闻者无不匿笑"，狐实有所本："顺治间，滕、峄之区，十人而七盗，官不敢捕。后受抚，邑宰别之为'盗户'。凡值与良民争，则曲意左袒之，盖恐其复叛也。后讼者辄冒称盗户，而怨家则力攻其伪。每两造具陈，曲直且置不辨，而先以盗之真伪，反复相苦，烦有司稽籍焉。"

民打官司冒称为盗，与瓶中狐何异？为何要冒称？盖盗与非盗实关乎官司的输赢，是出之趋利避害的本能。

盗为何成了香饽饽，"盖恐其复叛也"，此六字卡住了官的脖子，使其不能不"曲意左袒之"。按时下说法是来点政策倾斜。这又是出之官的趋利避害的本能。试想，如果"复叛"了，官员守土有责，如何向上级交代？在民言民，在官言官，你说打赢官司重要，我说乌纱帽重要。到了这个节骨眼上，什么“父母官”，什么“子民”，傻子才会相信。

两种本能，使人想起“五十步笑百步”，民是冒称强盗，官则确确凿凿与强盗坐在了一条板凳上。

令人浮想联翩的是，民冒称为盗而又被“力攻其伪”，之后又将如何？有可能会弄假成真。

无独有偶

电影《红樱桃》：一德国高级将领用钢针刺出一法西斯图案，自诩为“艺术创造”。然而这竟是发生在一个女孩子（俘虏）的后背上，在这纳粹分子眼中，人，不再是人，只是供他制作“艺术作品”的材料。其冷酷，其侮辱人之人格，应说世上绝无仅有。

最近翻看《聊斋志异》，这绝无仅有又恰恰是无独有偶。

《聊斋志异·姬生》：“康熙甲戌，一乡科令浙中，点稽囚犯。有窃盗，已（往脸上）刺字讫，例应逐释。令嫌‘窃’字减笔从俗，非官版正字，使刮去之，候创（伤痕）平，依字汇中点画形象另刺之。”

这只老狐狸

《聊斋志异·河间生》：河间生与一老翁（狐狸精）相识。“翁每夜往夙归，人莫能迹。问之，则言友朋招饮。生请与俱，翁不可。固请之，翁始诺。挽生臂，疾如乘风，可炊黍时，至一城市。入酒肆，见座客良多，聚饮颇哗。乃引生登楼上。下视饮者，几案盘飧，可以指数。翁自下楼，任意取案上酒果，抔来供生，筵中人曾莫之禁。移时，生视一朱衣人前列金橘，命翁取之。翁曰：‘此正人，不可近。’”

《庄子》：“跖之徒问于跖曰：‘盗亦有道乎？’跖曰：‘何适而无有道邪！夫妄意室中之藏，圣也；入先，勇也；出后，义也；知可否，知也；分均，仁也。五者不备，而能成大盗者，天下未之有也。’”

“翁曰：‘此正人，不可近。’”不盗取正人君子，落得个“义盗”好名声，不亦“知可否，知也”？老狐狸精虽小盗，盗亦有道。

令人不免再思三思的是，假如这老狐狸由小盗而大盗，由大盗进而强大到不是强盗时，再遇到那“正人”的金橘将会如之何？很有可能，借押宝摊上的一句行话：通吃。

劝劝棋鬼

《聊斋志异·棋鬼》里的棋鬼，“局终而负，神情懊热，若不自已。又着，又负，益惭愤。酌之以酒，亦不饮，惟曳客弈。自晨至于日昃，不遑溲溺。”异史氏说：“见弈遂忘其死，及其死也，见弈又忘其生。”癖嗜如此。可是从生前到死后，下棋下了人、鬼两辈子，“尚未获一高着”，竟又是个一窍不开的臭棋篓子。对这可感复又可哀的棋鬼，于心有戚戚焉。且劝他一劝：

棋鬼老弟，你读过小唱本《说唐》没有？那书里有个程咬金。他出马上阵，二话不说，搂头就是一斧子。对方抵挡回来，接着是第二斧子。又被抵挡回来，是更狠劲的第三斧子。如若第三斧子又被对方抵挡回来，他仍二话不说，拨马回头就跑。你说这里边有啥讲究？其中大有说道。第一，他敢对阵，一拼再拼而三拼；第二，拼过之后，明白了自己的小金刚钻钻不透人家的大瓷缸，这是贵有自知之明；第三，该进则进，该避则避，扬长避短，不以好恶去取。你若有他一半儿的机灵，就不是棋鬼而是棋仙了。不，你早已不再下棋，去干更能发挥你之所长的事，成了别的什么仙了。你信不信，反正我信。

善教的先生和不善学的学生

《聊斋志异·郭生》：郭生“少嗜读，但山村无所就正，年二十余，字画多讹”。一狐子暗中将他的课卷纵横涂抹，“狼藉不辨行墨”，郭生“心甚恚愤而无如何”。恰王生“以故至山”，“登门造访”。“郭具言所苦，且出残课示王”。王生审视污卷，其未涂抹处“似有春秋”；其所涂抹处“类冗杂可删”。“讶曰：‘狐似有意，不惟勿患，当即以为师。’”之后，依靠着狐子涂抹的卷子，郭生得有寸进，“果入邑庠”，又“入闱中副车（贡生）”。

郭生“自以屡拔前茅，心气颇高”，“然每作一文，经营惨淡”。却仍“辄被涂污”，以是渐不信狐。“乃录向之洒点烦多者试之，狐又尽泚之。乃笑曰：‘是真妄矣！何前是而今非也。’”

此故事虽近平淡，不足以拍案惊奇，却也颇可浮一大白。因为它申明了一个学习中至关重要的问题：温故而知新。只有从旧知获取新知才能有所长进，才能不断地以今日之我否定昨日之我。可是郭生对此“笑曰：‘是真妄矣！何前是而今非也。’”

郭生却又“嗜读”，就是说勤奋。这“勤”字与郭生一沾边也就变了味儿。固然勤能补拙，但“勤”也可使人重复其谬，狃而不变，胶柱鼓瑟，如拉磨驴走不出磨房一步。

一个善教的先生碰上了一个不善学的学生，奈何！

狐媚偏能惑主

《聊斋志异·嫦娥》："嫦娥每趺坐，眸含若瞑（静修）。颠当（小狐狸精）悄以玉瓶插柳，置几上；自乃垂发合掌，侍立其侧，樱唇半启，瓠犀微露，睛不少瞬。宗笑之。嫦娥开目问之，颠当曰：'我学龙女侍观音耳。'（搔到痒处，将嫦娥比观音，犹今之呼副局长为局长，戴高帽也。）嫦娥笑骂之（笑是真，骂是假，'高帽'起了作用），罚使学童子拜（罚得有趣，只不知拜观音欤抑拜嫦娥欤？）。颠当束发，遂四面朝参之，伏地翻转，逞诸变态，左右侧折，袜能磨乎其耳（使尽浑身解数）。

嫦娥解颐，坐而蹴之（大悦，致以失态了。颠当至慧，焉能不察？）。颠当仰首，口衔凤钩，微触以齿（颠当狡黠，以齿‘微触’，若似无意，乘其不备而攻之）。嫦娥方嬉笑间，忽觉媚情一缕，自足趾而上，直达心舍，意荡思淫，若不自主。乃急敛神，呵曰：‘狐奴当死！不择人而惑之耶？’”“颠当惭惧，告宗曰：‘妾于娘子（嫦娥）一肢一体，无不亲爱；爱之极，不觉媚之甚。’”（哈哈，这小狐狸精竟是“同性恋”。大概连小狐狸精也没想到，最尴尬者是嫦娥，趺坐竟敌不过“微触以齿”而“意荡思淫”起来，被发其秘，无怪“呵曰：‘狐奴当死！’”）

整怕了

《聊斋志异·甄后》："洛城刘仲堪，少钝而淫于典籍，恒杜门攻苦，不与世通。一日方读，忽闻异香满室，少间，珮声甚繁。惊顾之，有美人入，簪珥光采，从者皆宫妆。刘惊伏地下。美人扶之曰：'子何前倨而后恭也？'刘益惶恐，曰：'何处天仙，未曾拜识。前此几时有侮？'美人笑曰：'相别几何，遂尔懵懵！危坐磨砖者，非子耶？'""'妾，甄氏；君，公干（刘桢）后身。当日以妾故罹罪，心实不忍，今日之会，亦聊以报情痴也。'"

《三国志·典略》："太子（曹丕）尝请诸文学，酒酣坐欢，命夫人甄氏出拜。坐中众人咸伏，而桢独平视。太祖闻之，乃收桢。"

"第云理之所必无，安知情之所必有邪！"自建安迄清历时一千数百年的这桩公案，蒲翁给画了个圆满的句号。令人绝倒的是"刘惊伏地下"已不复"独平视"了。何"前倨而后恭"？以今之视昔，想当然耳：整怕了。

何前倨而后恭?

驱　怪

“子不语怪、力、乱、神。”《聊斋志异·驱怪》：秀才不读经书，偏好“敕勒之术”。秀才几乎被妖怪吓死；妖怪也几乎被秀才吓死。歪打正着，怪遂绝。

主人庆功，秀才大恨，怒曰：“我不惯作驱怪术，是欲死我也。”不“隐其所骇惧”，不据为己能，坦诚得可爱。切莫小看这一点，未必人人都能做得到。

多了个心眼儿

《聊斋志异·耿十八》：新城耿十八，病危笃，自知不起。谓妻曰：“永诀在旦晚耳。我死后，嫁守由汝，请言所志。”妻默不语。耿固问之，且云：“守固佳，嫁亦恒情，明言之，庸何伤！行与子诀，子守，我心慰；子嫁，我意断也。”妻乃惨然曰：“家无儋石，君在犹不给，何以能守？”耿闻之，遽握妻臂，作恨声曰：“忍哉！”言已而殁。后又醒然而苏，由此厌薄其妻，不复共枕席云。

读之粲然。《阅微草堂笔记》中亦有类似故事：“亲串中有殁后妾改适者，魂附病婢灵语曰：‘我昔问尔，尔自言不嫁，今何负心？’妾殊不惧，从容对曰：‘天下有夫尚未亡，自言必改适者乎？公此问先愦愦，何怪我如是答乎？’”

八成是纪晓岚读了蒲松龄的《耿十八》，以前车为鉴，妾比妻多了个心眼儿。

图书在版编目（CIP）数据

陈茶新酒 / 韩羽著. -- 石家庄 : 河北美术出版社，2018.12
（韩羽集）
ISBN 978-7-5310-9735-8

Ⅰ. ①陈… Ⅱ. ①韩… Ⅲ. ①随笔—作品集—中国—当代 Ⅳ. ①I267.1

中国版本图书馆CIP数据核字（2018）第289908号

策　　划：潘海波　李　彬
责任编辑：张　静　李　沐　王倍佳
书籍设计：韩　羽　李　沐　王倍佳
责任校对：曹九涛　李　宏
出　　版：河北出版传媒集团　河北美术出版社
发　　行：河北美术出版社
地　　址：河北省石家庄市和平西路新文里8号
邮　　编：050071
网　　址：http://www.hebms.com
印　　刷：河北健明印刷包装有限公司
开　　本：880mm×1230mm　1/32
印　　张：14.75
版　　次：2018年12月第1版
印　　次：2018年12月第1次印刷

定　　价：78.00元

河北美术出版社　　官方微信公众号　　淘宝商城

质量服务承诺：如发现缺页、倒装等印制质量问题，可直接向本社调换。

服务电话：0311-87060677